L'INDIGENT,

DRAME.

L'INDIGENT,

DRAME

EN QUATRE ACTES,

EN PROSE.

PAR M. MERCIER.

A PARIS,

Chez LEJAY, Libraire, rue Saint-Jacques,
au-dessus de celle des Mathurins, au grand
Corneille.

M. DCC. LXXII.

PERSONNAGES.

DE LYS, riche jeune homme.

JOSEPH, Tifferand.

CHARLOTTE, Ouvriere en blonde.

Le vieux REMI, Laboureur.

M. DU NOIR, Procureur.

FELIX, Intendant, Maître-d'Hôtel de de Lys.

UN NOTAIRE.

DUBOIS, Domeftique.

CLERCS.

LAQUAIS.

La Scene eft à Paris.

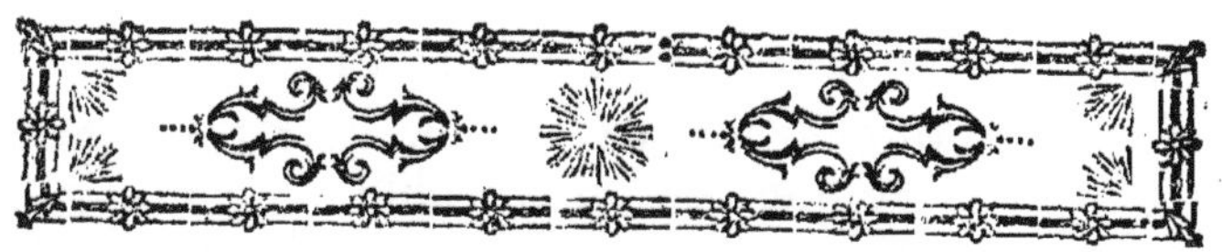

L'INDIGENT,
DRAME.

ACTE PREMIER.

LE *Théâtre repréfente une miférable Salle baffe fans cheminée. Les ta-
bourets font dépaillés. Les meubles font d'un bois ufé. Un morceau de
tapifferie cache un grabat. On voit d'un côté un métier de Tifferand ;
au-deffous d'un vitrage vieux , dont la moitié eft réparée avec du papier , on apperçoit dans un petit cabinet dont la porte eft entr'ou-
verte , le pied d'un petit lit.
Cette Salle baffe eft fituée dans le vieux corps d'un logis qui fait l'un des
côtés d'une maifon dont le devant eft rebâti à neuf , & magnifiquement.
Ce devant eft occupé tout entier par un riche jeune homme.*

SCENE PREMIERE.
JOSEPH, CHARLOTTE.

CHARLOTTE *eft couchée toute habillée fur le lit du petit
cabinet ; on ne lui voit que les picds.*

*La Scene eft éclairée par une lampe qui femble prête à s'éteindre. Jofeph
travaille à fon métier , & releve de tems en tems la meche de la lampe.
Il fe leve , marche fur la pointe du pied , & va voir fi Charlotte qui
s'eft jettée fur le lit eft endormie. Il paroît fatisfait voyant qu'elle re-
pofe. Au même inftant des éclats de rire éloignés fe font entendre. C'eft
le tumulte d'une fête bruiante qui fe mêle au fon des inftrumens. Ce
bruit l'inquiette ; il craint que fa fœur ne s'éveille. Il leve les yeux au
Ciel , & fa déclamation muette répond à fa fituation. Il frappe lége-
rement du pied & fouffle dans fes doigts pour les dégourdir du froid.*

JOSEPH.

QUATRE heures fonnent !..... grace au Ciel
cette chere enfant, elle dort ... Pauvre Charlotte !

A

Le feul bonheur de ma vie eft de t'avoir pour
fœur.... Je me fens infatigable.... Bon, j'ai
beaucoup avancé fon ouvrage, & le mien tire à
à fa fin. (*On entend encore les mêmes éclats de rire.*)
Quel tumulte! Leur débauche éclate dans la nuit
& trouble le repos du Pauvre. Ils fe plaignent
encore lorfqu'au milieu du jour nos travaux les
forcent d'ouvrir les yeux... Dans quel état fom-
mes-nous réduits ?.. Mais ce n'eft point à nous à
nous plaindre. O mon pere! c'eft toi qui fouffre le
plus, toi qui fus toujours fi bon, fi bienfaifant...
Ah!.... (*Il fait un gefte de douleur.*) Mais j'aime
encore mieux être ton fils dans la peine, dans
l'indigence, que de tenir la vie de ces hommes
opulens dont la conduite me révolte..... Mon
pere a toujours fecouru fon femblable tout pauvre
qu'il étoit, & j'ai vu des riches.... Allons, Dieu
nous voit, & ma confcience eft en paix. (*Il va
boire de l'eau à une cruche de terre, & revient à fon
travail.*) Je n'ai que deux bras, je les exerce nuit
& jour, & fans murmurer. Je fupporte courageufe-
ment mon fort; mais ce malheureux ouvrage n'eft
pas affez payé. (*Avec une énergie douloureufe.*)
Non, Il n'eft pas payé. L'incertitude me mine,
je ne fais fi je pourrai le vendre encore au bas prix
où l'on réduit les travaux de l'ouvrier. Ce Marchand m'a promis, mais qu'il eft dur ce Marchand!
Il regorge de biens & il rapine fur moi.... Le
froid femble s'augmenter.... Cruel hyver! Tu
te joins aux cœurs durs qui nous oppriment pour
achever de nous accabler.... Mon Dieu! que la
faifon eft rude! La terre eft couverte de vieilles
forêts, & je n'ai pas un fagot. Il faut du pain

avant tout, & le pain eſt ſi cher !... Pour avoir
encore de l'or le Riche a trouvé le ſecret de nous
affamer. (*Il prête l'oreille.*) Je l'entends, je crois;
le bruit qu'ils menent l'auront éveillée....

CHARLOTTE (*ſaute de deſſus le lit, vient à moitié
endormie, regarde à ſon ouvrage, & d'un ton un
peu fâché.*)

Eſt-il permis, mon frere..... Vous m'avez
laiſſée. Voilà le petit jour, & j'ai dormi trop tard.

J O S E P H.

Non, non chere ſœur... Tu te rendras malade
à la fin.... Il n'y a que deux heures que je t'ai
forcée à prendre un peu de repos, & tu veux
déjà....

C H A R L O T T E.

Mais toi qui parles.... Voyez un peu le méchant ! N'a-t-il pas paſſé la nuit toute entiere à
travailler lui, & ne puis-je auſſi-bien....

J O S E P H, (*l'interrompant.*)

Charlotte, ne prends point garde à moi.....
Toi, tu es une fille, tu as plus beſoin de ſommeil
que moi.... Ah ! j'ai du courage, de la force ;
(*lui prenant les mains.*) tenez, comme elle a froid ;
Pauvre petite !... (*Il lui réchauffe les doigts de ſon
haleine.*)

C H A R L O T T E.

Joſeph !... quand nous étions au pays à jouer
ſouvent enſemble dans la neige, il ne geloit pas
plus fort, & nous ne nous plaignions pas....

JOSEPH, (*avec tristesse.*)

Quel tems me rappelles-tu ? ... Tems heureux !
Alors mon pere n'étoit pas ruiné ; alors il n'étoit
pas emprisonné. Sans prévoir un cruel avenir,
dans nos folâtres jeux, nous bravions la rigueur
des saisons ; mais ici que nous sommes tourmentés
par tous les besoins de la vie ; ici que nous pleu-
rons sur le sort d'un Vieillard ; ici que nous sommes reclus entre des murs glacés .... Il est vrai
que nous y sommes ensemble ....

CHARLOTTE, (*tendrement.*)

Eh bien ! ne te plains donc plus. Je n'aime pas
à t'entendre gémir. A quoi servent les larmes ?
C'est la Providence qui le veut ainsi. Elle arrange
tout. Elle a sans doute ses vues. Tu verras qu'un
jour nous ne serons pas si mal. En attendant, tra-
vaillons, & toujours avec le même courage.
(*Elle va à son ouvrage.*) Eh ! mais, je n'aime pas
cela, moi. Mon frere, je vous le dis très-sérieuse-
ment. Chacun sa tâche, entendez-vous ?... N'a-
vez-vous pas assez de la vôtre ? Il sembleroit que
je ne puisse rien faire.... Voilà trop de fois aussi....
(*avec sentiment.*) Tu me fais de la peine, je te l'ai
déja dit ....

JOSEPH, (*touché.*)

Chere Charlotte ? Je te fais de la peine ! moi,
Ne me gronde point.

CHARLOTTE.

Te gronder, moi ! non .... Mais tu n'y tou-
cheras plus, n'est-il pas vrai ?... chacun sa tâche.

J O S E P H, (*attendri.*)

Eh bien oui.... Mais vois s'il ne reste pas beaucoup à faire. Je vais porter le travail de cette nuit
à ce Marchand en question. Il sort du matin, &
j'aime mieux le devancer dans la crainte de le manquer.....

C H A R L O T T E.

Il est bien de bonne heure.....

J O S E P H.

J'ai toujours du regret à te quitter, à te laisser
seule.... Tu tombes dans des réflexions que tu es
ensuite la première à me reprocher.

C H A R L O T T E.

Va, mon bon ami, va vîte afin de revenir plutôt ; nous irons ensuite voir mon pere ; nous
irons tous deux.

J O S E P H.

Je tremble que ce Marchand ne s'avise de re-
mettre le payement. Hélas ! c'est-là toute notre
espérance. Si elle alloit nous manquer. Il ne nous
reste rien du peu que nous avions hier. Comment
vivre aujourd'hui ? Comment porter à notre malheureux pere les secours qu'il attend & qu'il ne
reçoit que de nous ?

C H A R L O T T E.

Ne commence point la journée par te désespérer.
Il y a déja long-tems que de jour en jour il semble
que nous allions mourir de faim, & cependant tu

le vois, nous avons beaucoup fouffert ; mais à force de travaux, nous avons trouvé notre fubfiftance. As-tu oublié qu'hier encore tu te défolois apres avoir couru de tout côté fans pouvoir vendre. Eh bien ! vers le foir un Paffant t'arrête & te paye ta marchandife. Tu es revenu bien joyeux ! Tu as répété cent fois que c'étoit le Ciel qui nous avoit ménagé cet heureux fecours. Le Ciel que nous implorons cefferoit il de veiller fur nous lorfque tous les hommes nous abandonnent ? Non, au milieu de notre mifere, nous avons paffé de fortunés momens. Mon pere ?... Je pleurois de joie en le voyant manger ; & lui, mon frere, comme il regardoit fes enfans ! comme il nous béniffoit !.... Ah ! n'étions-nous pas alors tous trois également fatisfaits ?

JOSEPH.

Oui, Charlotte, oui, nous l'étions, je me rappelle ces momens. Je ne demande pas d'autre faveur au Ciel.... Dans le coin d'une prifon, affis fur de la paille ; oui, nous avons tous trois pleuré de tendreffe... Il n'y a que les malheureux qui fçachent aimer.

CHARLOTTE.

Qui nous empêche de nous retrouver ainfi chaque jour. C'eft un bien que la pauvreté ne fauroit nous ravir. Retiens les paroles de notre bon pere. Tu l'as vu fourire au milieu de fes maux. Il ne veut point qu'on fe repande en plaintes. Son ame connoît la férénité & l'efpérance. Pour moi, fitôt qu'il a parlé, je penfe tout ce qu'il dit ; la raifon s'exprime par fa bouche. J'ai tant de plaifir à l'entendre, que je ne l'abandonnerois pas d'un feul inftant, fi ce n'étoit le motif preffant de notre travail. Auffi je me fens un double courage, en fongeant qu'il en partage les fruits.

JOSEPH.

Va, tu es un Ange, un Ange confolateur defcendu du Ciel pour adoucir fon infortune, pour la lui faire oublier. C'eft toi furtout qu'il aime; il le doit . . . . il le doit; je n'ai point tes vertus.

CHARLOTTE.

Tu ne te connois pas . . . . Va, je fuis auffi orgueilleufe d'être ta fœur que d'être fa fille. Si j'avois à choifir, je ne demanderois à Dieu ni un autre pere, ni un autre frere.

JOSEPH.

Que j'aime à t'entendre !

CHARLOTTE.

Eft-ce que pour tout l'or du monde tu fouhaiterois être né d'un autre fang ?

JOSEPH.

Moi ? plutôt mourir que de former un tel fouhait . . . . . Ah ! Charlotte, chere Charlotte ! . . . .

CHARLOTTE.

Qu'as-tu ?

JOSEPH.

Je vais t'affliger.

A iv

CHARLOTTE.

Parle.

JOSEPH.

Hélas !

CHARLOTTE.

Que signifie ce soupir?

JOSEPH.

Il faudra un jour nous quitter.

CHARLOTTE.

Nous quitter! Et pourquoi?... Mon frere!...
Je ne te survivrai point.

JOSEPH.

Je sais trop ce que je dis.... Je ne parle point
de la mort. Elle frappera deux coups à la fois,
je le sais.... Mais réfléchis un instant, & tu devi-
neras....

CHARLOTTE.

Explique-moi... Je ne te comprends point...

JOSEPH.

Si mon idée ne se présente point à ton esprit....
tant mieux, ma sœur, tant mieux.... Je ne t'en
parlerai plus.... Adieu.

CHARLOTTE.

Non, tu m'as rendue inquiette, acheve; &
pourquoi nous quitter?

JOSEPH, (soupirant.)

Ma sœur.... bientôt le mariage ....

CHARLOTTE.

Je t'entends, Joseph ; trop fenfible frere ! Va, tu te trompes ; nous ne nous féparerons point : quand tu te marieras, ta femme fera ma fœur & nous vivrons toujours enfemble. Je l'aimerai, je l'aimerai.

JOSEPH.

Mais ce n'eft pas de moi que je parle.... Charlotte ; tu fais que mon pere a dit plufieurs fois, qu'au fortir de fa prifon il vouloit te donner un mari ; qu'il l'avoit trouvé tel qu'il te le falloit.

CHARLOTTE, (*fouriant.*)

Et tu ne vois pas que c'eft pour s'égayer dans fa triftefſe qu'il tient ce langage. Ce bon Vieillard veut tromper ainfi nos douleurs & les fiennes.... Jofeph, tu me connois ; je fuis fincere ; je ne pourrois jamais me réfoudre à prendre un Epoux. Je ne fais, mais je n'aime aucun homme. Ceux de notre claffe ne me plaifent pas ; ce n'eft pas la pauvreté, ce font leurs mœurs qui ne me vont point. Ceux qui font au-deffus de moi me conviennent encore moins. Il faut que je te l'avoue ; je n'ai vu que toi dont le caractere auroit pû me rendre heureufe....... Avec un pareil frere, qu'ai-je befoin d'un mari ?... Mais ton fort eft bien différent du mien. Jofeph, ton cœur eft fenfible, & tu peux connoître l'amour.

JOSEPH, (*avec joie.*)

Ma Charlotte penfera-t'elle toujours de même ?

CHARLOTTE.

Oh ! toujours ; je ne ferai heureufe que près de toi.

JOSEPH, (*lui tendant la main.*)

Eh bien, chere fœur, touche-là .... Quelque chofe qui arrive, nous vivrons l'un avec l'autre. Demeure fille, je refterai garçon. L'infortune, d'ailleurs, nous fait un devoir du célibat. Ma fœur, privée des avantages de la fortune, trouveroit difficilement quelqu'un digne d'elle. Dans ce fiécle on n'apprécie que l'argent, les autres qualités paroiffent nulles ; on ne voit pas les tiennes, moi feul les connois, moi feul .... Je perdrois à te donner une belle-fœur, elle y perdroit auffi ; car telle qu'elle pourroit être, je fens que je t'aimerai toujours davantage.

CHARLOTTE.

Rien ne me touche plus que cet aveu. J'ai appréhendé quelquefois que tu ne devinffes amoureux de quelque fille qui feroit peut-être venu mettre la difcorde entre nous.... Ah ! j'en mourrois de chagrin.

JOSEPH.

Il n'eft point de Démon capable de défunir nos cœurs ; non, il n'en eft point ; mais j'avois les mêmes craintes quoique tout auffi mal fondées.... Quand on aime auffi vivement, on redoute tout... L'heure m'appelle au dehors ; nous parlerons de cela tantôt en préfence de notre bon pere.

CHARLOTTE.

Vole pour abréger le tems de ton abfence.

JOSEPH (*l'embraffe.*)

Allons, je pars ; mais j'ai toujours tant de peine
à te quitter.

*(Il fe fauve avec une piece de toile fous fon habit
qui doit être une efpece de redingotte d'un gris ufé.*

SCENE II.

CHARLOTTE, (*travaillant.*)

QUE je me trouve heureufe avec lui ! Depuis
ma tendre enfance il eft mon protecteur, mon
ami, mon guide, mon confolateur. Je ne vous envie rien, Riches du fiécle ; vos enfans font toujours en difcorde ; ils préférent des facs d'argent à
la paix, à la confiance, à l'amitié fraternelle. Jamais contens, toujours avides.... Qu'ils ayent de
l'or, j'ai Jofeph.... Quand il me dit, ma chere
fœur, ma pauvre Charlotte ! Que le fon de fa
voix m'intéreffe, me touche, & les écus ne parlent point. Ah ! Jofeph, puifque tu confens de
vivre avec moi, je m'eftime riche ; & fi mon pere
fe trouvoit élargi, je n'aurois plus, je crois, rien
à defirer au monde. Hélas ! il en coûteroit fi peu
pour lui rendre la liberté ; mais ce peu nous manque, & tous ces gens à équipage n'employent
jamais leur argent à fecourir l'homme vertueux &

captif.... Amitié!... douce amitié! dure autant que notre vie, ô cher frere!... Ce cœur t'appartiendra dans tous les inftans.... Oh! fi j'étois la feule à fouffrir.... Je ne fais, mais ce matin je travaille avec plus de conftance, & le froid me femble moins rigoureux.

(On entend plufieurs cris d'adieux, comme de gens qui fe quittent d'une maniere folle & bruyante, qui ferment des portes, qui s'appellent réciproquement fur les efcaliers ; enfin, tout ce qui peut peindre le dernier acte d'une orgie.)

Enfin, leur feftin eft achevé, ou plutôt leur fabat. Le jour commence.... Ce ne font point là des plaifirs. Je le devine au feul fon de leur voix ; c'eft du bruit, & voilà tout..... Cependant je foupire quand je fonge que la moitié de ce qu'ils ont dépenfé cette nuit, foit à table, foit au jeu, auroit fuffi à tirer mon pere de la prifon où il gémit, & plufieurs autres infortunés avec lui.

SCENE III.

CHARLOTTE, Monfieur DU NOIR, FELIX
(*doit avoir l'air d'un homme qui a paffé la nuit dans la fête.*)

(*M. Du Noir frappe à la porte*)

CHARLOTTE.

Qui eft-là ?

M. DU NOIR, (*frappant plus fort.*)

Ouvrez, ouvrez.

CHARLOTTE.

C'eft la voix de notre Propriétaire .... Eft-ce vous Monfieur du Noir ?

M. DU NOIR, (*frappant plus rudement encore.*)

Et oui, oui, ouvrez donc.

CHARLOTTE, (*ouvrant.*)

Votre très-humble, Monfieur.

M. DU NOIR (*entrant à grands pas fuivi de Felix.*)

Parbleu vous me faites bien attendre. Eft-ce que des gens comme vous doivent s'enfermer ? . . . . . Avez-vous peur qu'on vous vole ? . . . .

(*Charlotte fe retire & va fe mettre dans un coin à travailler les yeux timidement baiffés.*)

FELIX.

Eſt-ce-là cette chambre ?

M. DU NOIR.

Oui .... Eh bien ?

FELIX, (*d'un ton dédaigneux.*)

Ceci ?

M. DU NOIR.

Ma foi voilà tout ce qui reſte dans la maiſon avec ce que vous venez de voir. Après vous avoir loué tout le corps du bâtiment neuf, vous me reſ- ferrez encore ſur le vieux. En vérité je n'ai gardé de place juſte que ce qu'il m'en faut, & je vous avouerai que M. de Lys s'étend bien depuis que vous êtes à lui.

FELIX, (*lui frappant ſur l'épaule.*)

Mon cher Monſieur, nous ne pouvons rien faire de ceci, entendez-vous, rien du tout.... De votre ancienne étude j'aggrandis mon office ; c'eſt un contraſte aſſez plaiſant, n'eſt-il pas vrai ? D'une étude de Procureur faire un garde - man- ger !... Cela me portera-t'il bonheur, Monſieur du Noir ?

M DU NOIR, (*avec un demi ſourire.*)

Je ſouhaite que vos affaires s'y faſſent comme j'y ai fait les miennes.

FELIX.

C'eſt-à-dire aux dépens d'autrui.

M. DU NOIR.

Ah ! Monſieur Felix, vous n'avez rien à me reprocher, je crois....

FELIX.

Point de fauſſe honte, cela n'eſt plus de mode. Soyons de notre ſiécle. Vous n'avez pas barbouillé toute votre vie du papier timbré pour rien , autrement d'où auriez-vous acquis tant de bien ?

M. DU NOIR.

Tant de bien ! Pas tant, pas tant ; je vous jure.... Mais s'il falloit du petit au grand , en tout état, éplucher chaque fortune , ce ſeroit un examen qui ne finiroit pas. Le meilleur eſt d'agir & de ne point parler là-deſſus.... Vous ne pouvez donc rien faire de ceci ?

FELIX, (*d'un ton important.*)

Non ; j'aurois déſiré au moins un coin paſſable pour loger ces deux levrettes blanches dont on a fait préſent à mon maître ; mais cela eſt trop en mauvais état pour recevoir deux chiens de la meilleure eſpece. M. de Lys ſeroit ſcandaliſé de les voir ici.... Je ſens le vent qui ſouffle de tous côtés.

M. DU NOIR, (*à voix baſſe.*)

Mais écoutez, on fera en leur faveur une petite réparation. Vous entendez bien qu'on ne laiſſera pas ſubſiſter ce vitrage entr'ouvert ; on y mettra de bons carreaux ; on calfeutrera les portes ; tout ceci prendra un autre air.

FELIX.

Et pourquoi ne l'avez-vous pas déjà fait?

M. DU NOIR, (*à voix basse.*)

Et comment vouliez-vous que je dépensasse un sou? Ceci a toujours été loué à vil prix par de la canaille qu'il faut à chaque terme forcer de payer ou chasser.

FELIX.

Ne m'avez-vous pas dit que c'étoit un Tisserand?

M. DU NOIR.

Oui, je ne sais trop ; un ouvrier de cette espece .... Je vais lui faire vuider le plancher tout de suite ; parce que si vous ne voyez pas à pouvoir loger ici vos levrettes, je vous céderai la chambre de mes Clercs, & je les ferai monter plus haut.

FELIX.

Comment plus haut ! Vous vous moquez ; vous les logerez donc sur les toîts?

M. DU NOIR.

Bon, bon, les voilà bien à plaindre. J'en ai essuyé bien d'autres.... Je change d'avis. Non, je les ferai descendre ici.

FELIX, (*arrêtant la vue sur Charlotte.*)

Mais cette Petite a un air de fraîcheur ; elle me paroît jeune & jolie.

M. DU NOIR.

M. du Noir.

Et grandement pauvre .... C'eſt la miſere en
perſonne.

Felix.

On le devine ; mais on ne le diroit pas à ſon premier abord, ſurtout à ſon air de propreté......
Cette miſere-là me plairoit aſſez .... Appartient-
elle à quelqu'un ?

M. du Noir.

Ce Tiſſerand l'appelle ſa ſœur .... C'eſt un faux
nom peut-être ; mais peu m'importe, s'ils me
payoient....

Felix.

Plus je la conſidere, plus elle me ſemble inté-
reſſante.

M. du Noir.

Vous êtes bien bon .... On a aujourd'hui tant
de filles comme elle dans le beſoin .... On ne rencontre que cela.

Felix (faiſant l'avantageux.)

Il eſt bien vrai.... Ma foi je ſuis las d'en protéger. Vous avez vu cette petite Mimi ; quel tour
elle a joué à notre maître ! La ruſée ! Nous l'a-
vions retirée d'un état pitoyable ; après cela, mê-
lez-vous encore d'obliger.

M. du Noir.

Pour moi je n'ai jamais été dupe, jamais de ma
vie, entendez-vous. Je me ſuis toujours tenu le

cœur bien dur afin de ne point faire d'ingrats.

FELIX, (*riant.*)

Bonne recette ! ... Il faut pourtant que je l'aborde & que je lui parle. (*Il s'approche de Charlotte.*) Belle enfant, parlez-nous donc un peu ; levez cette tête charmante ; comme vous travaillez ! ... Votre ouvrage preffe-t-il fi fort ?

CHARLOTTE, (*modeftement.*)

Oui, Monfieur, dans nos métiers tous les momens font comptés. Il n'y en a point à perdre fi l'on veut vivre.

FELIX.

Mais vous devez avoir bien froid.... Comment fans feu !

M. DU NOIR.

Oh ! c'eft-là ma premiere condition. Je ne fouffre point de feu à ces gens-là ; avec leurs cendres chaudes, je tremble toujours pour ma maifon.

FELIX.

Ils ne meurent pas de froid ?

M. DU NOIR.

Bon, bon, l'habitude....

FELIX.

Ma foi, votre ferviteur ; je ne fais que d'entrer & je fuis déja gelé .... Petite, il faudra venir vous chauffer à notre office ; nous entrerons en connoiffance ; & fuivant les chofes, qui fait fi peut-être je ne vous ferai pas faire votre chemin . . . . comme j'ai fait à tant d'autres . . . .

M. D U N O I R., (*avec emphase.*)

Savez-vous bien que ſi vous aviez le bonheur d'être conſidérée de Monſieur, vous n'auriez plus rien à deſirer, & que . . . .

F E L I X.

Oh ! je ne m'engage point, nous verrons, nous verrons ; elle eſt jolie en vérité, jolie, mais pas grande parleuſe. A-t-elle toujours la tête ainſi baiſſée ? Eſt-elle vraiment ce qu'elle paroît être ?

M. D U N O I R.

Tout ce que je ſais, c'eſt qu'elle eſt de campagne & loin d'ici.

F E L I X.

De campagne ? tant mieux ; mais où ira-t-elle loger ſi vous la mettez dehors ? Ayez ſoin de la faire jaſer, car je gele ici ; (*plus haut.*) qu'elle vienne dans notre ſalle, il y a bon feu, nous cauſerons-là plus à notre aiſe.

M. D U N O I R.

Entendez-vous que Monſieur veut bien vous permettre de venir vous chauffer à l'office ?

C H A R L O T T E.

Je ne quitte jamais la chambre qu'accompagnée de mon frere, & mon ouvrage me retient ici juſqu'à ce qu'il revienne. Je vous remercie bien, Monſieur.

M. DU NOIR.

Quelle petite fotte ! Elle voudroit fe faire prier, je penfe. (*à part à Felix.*) Laiffez-là, laiffez-là, vous êtes trop bon, croyez-moi ; elle fera trop heureufe d'y venir d'elle-même ; fiez vous-en à mon expérience. (*haut à Charlotte.*) Vous direz à votre frere qu'il faut enfin me payer aujourd'hui & chercher un autre gîte s'il ne veut pas que mon Huiffier lui enleve le refte de fes meubles . . . . . . plus de quartier d'abord.

CHARLOTTE, (*quitte fon ouvrage , & court à lui en fuppliant.*)

Monfieur , Monfieur, de grace un peu de tems encore , un peu de tems ; vous n'y perdrez rien.

M. DU NOIR.

Je fuis fourd, je fuis fourd . . . . Si je pouvois payer les trois vingtiemes , les quatre fous pour livres , le rachat des boues & lanternes , le logement des foldats, les réparations , *& cætera* , avec des paroles , à la bonne heure ; mais tous les fecrets de mon art ne m'ont point appris à efquiver ces maudits payemens. (*Il va pour fortir.*)

CHARLOTTE.

Monfieur, je voudrois ne vous dire qu'un mot, un feul mot je vous fupplie , écoutez-moi.

FELIX.

Ah ! pour un mot, reftons.

CHARLOTTE, (*à M. du Noir.*)

Je voudrois bien vous parler à vous feul.

M. DU NOIR.

A moi seul ! & quoi me dire ?

FELIX.

Il faut l'écouter, Monsieur du Noir, vous me
rejoindrez ; je serai à l'office......Je vais m'y
chauffer.

SCENE IV.

M. DU NOIR, CHARLOTTE.

M. DU NOIR.

SI c'est encore de vos jérémiades, je quitte tout
de suite, d'abord : allons vite, abrégeons, car je
n'ai pas le loisir de me morfondre ici.... Voyons
vîte, parlez, parlez donc, parlez.

CHARLOTTE.

Eh ! Monsieur, vous me rendez toute interdite...
Mon Dieu !...Je ne sais comment vous parler.

M. DU NOIR, (avec rudesse)

Eh bien ! finissons-nous ?

CHARLOTTE.

Mais vous êtes donc impitoyable ! au fort de
l'hyver ! Vous savez dans quel état nous sommes,
& la situation déplorable où se trouve notre pere.

M. DUNOIR, (*s'en allant.*)

Ah! c'eft ainfi...adieu, adieu.

CARLOTTE, (*le retenant par fon habit,
& fe jettant à fes pieds.*)

Arrêtez, non, Monfieur, non vous ne vous en irez pas; vous m'écouterez; vous verrez mes larmes... Au nom de tout ce que vous avez de plus cher, laiffez-nous ici pendant ces grands froids, autrement nous périffons; ou fi cette chambre vous eft abfolument néceffaire, procurez-nous un autre azile; je vous regarderai comme notre Sauveur; je vous bénirai le refte de ma vie.. Hélas! hélas! Monfieur, ouvrez votre cœur à la compaffion; fécourez-nous, ayez pitié de nous. (*Il faut que ce langage foit touché par l'Actrice d'un ton douloureux & véhément, & avec toute la force d'un cœur qui demande grace.*)

M. DU NOIR, (*effrayé, prefque touché, ou plutôt interdit par l'accent de Charlotte.*)

Paix, paix donc! ne criez point comme cela... Levez-vous, levez-vous, nous verrons, oui je... (*à part.*) Elle m attendrit, je crois; fauvons-nous. (*Il s'élance à la porte & s'échappe.*)

SCENE V.

CHARLOTTE.

Mon Dieu ! se fera-t-il laissé toucher .... Que devenir .... S'il nous prend ces métiers, notre unique gagne-pain, il faudra donc mendier ! Oh ! jamais, plutôt la mort ... Personne ne daigne nous voir de peur de nous soulager .... Tel nous donneroit peut-être quelques secours ; mais ce seroit au prix de l'honneur .... Ah ! ces gens de maison me font horreur ; ils ont tous l'air aussi débauché que leurs maîtres, & jaimerois mieux endurer le froid toute l'année que d'approcher de leur foyer... Pauvre Joseph, je souffre pour toi !... Je vois déja ton désespoir, d'autant plus cruel, que tu voudras l'étouffer. (*Elle se remet au travail.*) Que je suis en peine !... Aucune, aucune ressource.... Tous les cœurs fermés, endurcis .... Ah ! comme j'apperçois ce monde !... Je l'entends ; il me faut ne lui rien dire d'abord .... Tantôt j'aménerai, puisqu'il le faut, cette triste conversation le plus doucement qu'il me sera possible. (*Elle essuie ses yeux & prend un air riant.*)

SCENE VI.

JOSEPH, CHARLOTTE.

JOSEPH, (*allant à sa sœur & l'embrassant.*)

EH bien ? chere sœur, tu as dû beaucoup souf-
frir, car ce vent du nord est devenu plus piquant.
Je courois, tandis que tu restois en place.

CHARLOTTE.

Je n'ai pas tant souffert que tu l'imagines.

JOSEPH, (*avec intérêt.*)

Mais.. . ma sœur.... Tu as pleuré, mon enfant, tu as pleuré, je le vois ; tu me caches tes
peines.

CHARLOTTE, (*prenant un visage serein.*)

Non.

JOSEPH.

Si ....à travers ce sourire j'apperçois ta douleur.

CHARLOTTE.

Ce n'est rien, mon frere.... Dis-moi, as-tu
trouvé ? ....

JOSEPH.

Je n'ai reçu qu'un léger à compte, & nous ne
pouvons pas encore payer le terme ; (*silence de
Charlotte.*) car le peu que j'avois, je l'ai employé
à acheter un manteau pour mon pere. (*Il tire un*

manteau qu'il met fur les genoux de fa fœur.) Le voici .... il eſt encore bon.... Mais donne moi des ciſeaux.... (*avec nobleſſe.*) Décous cette livrée ; que jamais on ne la voie ſur le corps d'un pere reſpectable. Il a été cultivateur ; il a arroſé la terre de ſes ſueurs ; mais il a toujours eu en horreur les vils travaux de la ſervitude.. . . Hélas ! il eſt aujourd'hui plus à plaindre qu'un Valet.

CHARLOTTE , (*découſant la livrée du manteau.*)

Eloigne ces triſtes réflexions.

J O S E P H.

O ma chere ſœur ! Ce n'eſt point ce grabat , ces murs dépouillés , ces meubles groſſiers , cette pauvreté renaiſſante qui laiſſe l'aiguillon dans l'ame ; c'eſt l'inſolence du Riche ; c'eſt ſon regard mépriſant qui bleſſe un cœur ſenſible.

C H A R L O T T E.

Oublions qu'il exiſte de pareils hommes ..... Nous allons nous trouver réunis tous trois malgré nos Tyrans , malgré l'indigence .... Songe à ce moment , ſonge que tu as de quoi ſoulager un pere adoré .... ſonge qu'il va ſourire en nous revoyant.

J O S E P H.

Il eſt vrai , j'ai tort ; allons , Dieu ſoit loué .... Prends cette ſoupiere dans laquelle tu ſais qu'il mange plus commodément ; n'oublie point la petite bouteille , nous la remplirons ſur notre chemin. Enfin , je crois avoir trouvé du vin qui n'aura pas été falſifié.

CHARLOTTE.

Heureuſe découverte ! Je crains toujours d'em-
poiſonner mon pere en voulant réparer ſes forces. On nous fait boire la mort , & perſonne n'y
ſonge .... Et le Geolier ?

JOSEPH, (*en ſoupirant.*)

Il faudra ſacrifier encore quelque choſe pour le
rendre moins inexorable.

CHARLOTTE.

Il m'a ſemblé déja moins dur , & mes prieres
ont paru l'adoucir.

JOSEPH.

Ton regard en a donc fait un homme... Viens ,
ma ſœur, viens. (*Joſeph donne le bras à ſa ſœur
après avoir pris quelques uſtenſiles de terre.*)

Fin du premier Acte.

ACTE II.

Le Théâtre repréſente un grand cabinet de toilette fai-
ſant partie d'un très-riche appartement. Tout y dé-
ſigne la volupté, l'aiſance, le dernier goût. De Lys
entre en robe de chambre à fleurs d'or ; il ſort du lit
& ſe jette nonchalamment dans le premier fauteuil.
Deux domeſtiques le ſuivent portant un miroir dans
lequel il ſe regarde avec complaiſance. On lui pré-
ſente des eaux de ſenteur, & tout l'attirail de la
toilette. Felix eſt debout à ſes côtés, & enſeigne par
ſigne aux laquais ce qu'ils doivent faire.

SCENE PREMIERE.

DE LYS, FELIX, Valet de chambre, LAQUAIS.

DE LYS, (*bâille & tire ſa montre.*)

COMMENT, il n'eſt encore que midi . . . .
Cette journée me ſemble d'une longueur mor-
telle. Je ſens d'avance un mal de tête affreux . . . .
(*à un domeſtique.*) Du thé . . . . Que deviendrai-
je d'ici à l'heure de l'opéra ? (*à ſon Valet de cham-*
bre.) Monſieur, vous hâtez toujours ma toilette
comme celle d'un Conſeiller ; on m'accommode
étourdiment, & comme ſi j'avois des affaires. Re-

tenez bien cela de moi ; fans lenteur en tout art, point de perfeftion. (*à un laquais.*) Vous laiffez périr d'inanition ce pauvre Mouftapha ; il a cependant pour vous de l'amitié ; faites fa provifion, de gimblettes. (*à un autre.*) Paffez chez mon Sellier, qu'il acheve mon cul de finge, ma défobligeante, mes trois diables. (*à Felix.*) Et mon Cocher qui mene à l'Italienne, ne veut donc pas guérir ?

F E L I X.

Il a toujours une très-groffe fievre.

D E L Y S (*à un laquais.*)

Vous porterez chez la Comteffe le tul & les nœuds que j'ai faits ; elle reconnoîtra fon difciple. (*les laquai fortent.*) (*en fe frottant les dents & fe regardant au miroir.*) Eh bien, vous dites donc que cette petite fille, la même dont j'ai eu l'honneur de vous parler, eft ma très-chere voifine ?

F E L I X.

Rien n'eft plus vrai, Monfieur ; j'avois rencontré ce minois fans y faire beaucoup d'attention, mais je l'ai vu aujourd'hui dans fon gîte avec toutes les circonftances que je viens de vous raconter.

D E L Y S.

La rencontre eft finguliere ! Il y a quelquesjours que je la lorgne fans qu'elle s'en apperçoive ; elle a de la fraîcheur & des graces ; il ne lui manque qu'un peu plus de teint.... Cela eft pauvre, dis-tu, dans le dernier befoin.

D R A M E.

F E L I X.

Oh ! d’une pauvreté affamée. . . .

D E L Y S.

Prête à se donner pour un morceau de pain.

F E L I X.

Mais non , Monsieur . . . . Je l’ai trouvée fiere ,
sérieusement fiere ; elle est arrivée depuis peu en
cette Capitale . . . . Elle a une vertu de campagne,
& son air en impose plus que le ton romanesque
de toutes nos Prudes.

D E L Y S.

Je suis enchanté de cette vertu-là ; car je suis bien
dégoûté de toutes les filles que j’ai eues. Elles m’ont
coûté l’impossible , tu le sais ; malgré cela elles
m’ont excédé, trompé & ennuyé qui pis est. J’a-
vois fait serment de ne plus en entretenir ; mais,
ma foi, je veux créer celle-ci, la mettre au monde ;
je trouverai peut-être une ame neuve & recon-
noissante. Je ne sais quoi me plaît dans sa taille &
dans sa démarche. . . . Elle est assez jolie pour me
faire honneur ; j’y compte, du moins : avertis-
moi si elle devoit me deshonorer. . . . ce seroit un
ridicule . . . .

F E L I X.

Si vous me permettez de vous le dire, Monsieur, je trouve qu’il y a quelque air de ressem-
blance entre vous deux.

D E L Y S, (*souriant complaisamment.*)
Est-ce elle ou moi que tu flattes ?

FELIX, (*d'un ton adulateur.*)

Monfieur, tout le monde fait que vous êtes d'une figure....

DE LYS, (*fe donnant des graces.*)

Je ne fuis point mal, je ne fuis point mal ; mais crois-tu que du premier coup d'œil je pourrai lui faire tourner la tête ? Puis je me flatter d'emporter d'affaut fon jeune cœur ? J'aime les victoires rapides. Penfes-tu enfin que j'acheverai promptement la conquête de cette haute & févere .... Comment l'appelles-tu ?

FELIX.

Charlotte.

DE LYS.

Il faudra lui donner un nom plus honnête .... (*Il rit.*) Il eft fingulier que la beauté aille fe loger là , tandis qu'elle délaiffe nos femmes de qualité.... Au refte, c'eft bien fait .... c'eft bien fait ....

FELIX.

Si j'avois pu deviner plutôt la nouvelle fantaifie de Monfieur , les chofes feroient déja fort avancées.

DE LYS.

Mais je ne l'ai bien remarquée qu'hier.... Malgré une certaine pâleur, on voit que fon front eft tout formé pour être embelli des rofes de la volupté.....

FELIX.

Je me félicite de l'occafion qui m'a conduit vers

elle ; elle eſt arrivée fort à propos. Ce qui m'in-
quiete , c'eſt ce frere.

DE LYS.

Eſt-ce bien ſon frere ?

FELIX.

On ne peut en douter....

DE LYS.

Eh bien , ce frere ....

FELIX.

J'appréhende , Monſieur , qu'il ne ſoit de ces
pauvres à ſentiment , qui meurent héroïquement
de faim en gardant leur honneur.

DE LYS.

L'honneur dans l'indigence ! (*Il ſourit amére-
ment.*) J'ai vu plus d'une fois l'effet d'une bourſe
de louis ; elle abrege bien du tems ; elle ſurmonte
les obſtacles. La morale la plus farouche ſe tait à
la voix de l'or. C'eſt le meilleur opium pour en-
dormir voluptueuſement la vertu la plus conſom-
mée. Je commence d'abord par en donner une
bonne doſe , afin d'étourdir à la fois la tête & le
cœur. Rien n'eſt plus puiſſant que cette premiere
amorce , & j'ai remarqué que l'eſpérance fait plus
dans la ſuite que la libéralité même .... Tu as dit
qu'on me le fît venir ? ...

FELIX.

Suivant vos ordres on guette l'inſtant où ils
rentreront tous deux.

DE LYS, (*avec dérifion.*)

Je fuis impatient de faire connoiffance avec mon futur beau-frere.

FELIX.

Dans le fond, c'eft un grand avantage pour lui.

DE LYS.

Il feroit beau de les voir garder leurs triftes pré-jugés avec leur mifere. Cela ne fe peut pas ; il eft trop d'exemples du contraire, il en eft trop. Qu'eft-ce que j'ai à louper ?

FELIX.

Monfieur, voici le menu. (*lui préfentant une grande feuille de papier.*)

DE LYS, (*parcourant le papier.*)

Dix couverts fervis à cinq fervices dé fept plats chacun.... bon.... voilà ce que j'aime.... Un coq vierge !... excellent !... Une croquante au temple de Vénus.... délicieux ! Point de vin, nous boirons de l'eau & des liqueurs fines. .... Vous voudrez bien vous fouvenir que demain nous allons à la chaffe.

FELIX.

Oui, Monfieur.... j'ai tout préparé ; votre gi-beciere, votre fufil à deux coups..... On vient annoncer, je crois.

DE LYS.

Vois un peu.

UN DOMESTIQUE.

UN DOMESTIQUE.

Monsieur, c'est cet homme que vous avez fait
mander.

FELIX.

Le voici.

—————————————————

SCENE II.

DE LYS, JOSEPH, FELIX.

DE LYS, (*penché sur son fauteuil, tourne la tête de
son côté d'un air demi-hautain, demi-riant ; il
mange quelques bonbons d'une petite voëte qu'il tient
en main, & avec laquelle il joue.*)

Qu'IL approche.

JOSEPH, (*à Felix.*)

On m'a dit que . . . .

FELIX.

Avancez, parlez à Monsieur.

JOSEPH, (*saluant.*)

Monsieur . . . .

DE LYS.

Oui, mon ami, je t'ai demandé ; on m'a parlé
de toi ; tu es bien pauvre, n'est-il pas vrai ?

JOSEPH, (*avec une simplicité noble.*)

Monsieur, je suis Joseph, un ouvrier, & non

pas votre ami ; fi je l'étois, nous pourrions nous tutoyer, c'eft pourquoi ne me faites pas rougir ; je ne fuis pauvre que parce qu'il y a trop de ri-ches.

D E L Y S.

Comment donc ! Mais tu parles d'un ton . . .

J O S E P H.

Encore un coup, Monfieur, ou parlez-moi vous-même fur un autre, ou je me retire. Vous n'êtes pas le premier à qui je n'ai pu le fouffrir. Quand ma fortune en dépendroit, je marquerois le même courage. C'eft un droit infultant & in-jufte que vous vous arrogez la plupart fur nous autres infortunés. Ne peut-on être dans l'indi-gence fans être avili ? (*Il marche vers la porte.*)

F E L I X , (*d'un air étonné.*)

Voilà qui eft nouveau.

D E L Y S, (*fe levant.*)

Il eft fingulier. Je ne veux pas qu'il s'en aille. (*à Jofeph.*) Ecoutez, Monfieur Jofeph ; vous vous fâchez bien promptement. Vous ne favez pas encore ce que je vous veux. Un moment, & vous n'aurez point à vous plaindre.

J O S E P H.

Je fuis fâché de vous avoir parlé ainfi ; mais cela eft plus fort que moi.... Je fais trop que j'ai befoin d'autrui.

D E L Y S.

Eh bien, mon intention eft de vous mettre un

peu à votre aife. Je puis, fans me gêner, vous
procurer une vie plus commode. Ce que je vous
dis eft du fond du cœur. Voici un à compte
que je vous prie d'accepter ; cela ne fe refufe pas :
prenez, il y a cinquante louis. (*Il lui préfente une
bourfe.*)

J O S E P H.

Dans quelle furprife vous me jettez, Monfieur!
Cinquante louis! à moi! Et quel fervice vous
ai-je rendu ? .... Que voulez-vous de moi ? A
quel prix mettez-vous cet argent?

D E L Y S.

Je poffede quelques biens ; d'après votre propre aveu, vous êtes pauvre. Je vous donne cette
bourfe, je vous la donne.

J O S E P H, (*fierement.*)

Je n'ai rien fait pour accepter un tel don ; per-
mettez-moi de vous le dire, Monfieur, je crains
ce préfent.... Vos pareils ne prodiguent pas l'or
gratuitement.

D E L Y S.

Je ne reffemble point à mes pareils ; je ne mets
dans mon offre qu'une pure générofité. D'où naî-
troit votre défiance & vos refus ? Me croyez-vous
homme à ne faire jamais le bien ? Enfin, puifque
vous héfitez, je vous dirai que c'eft un vœu que
j'ai fait, & que je l'accomplis en votre faveur.

J O S E P H.

Monfieur, vous voulez-vous jouer de moi...

DE LYS, (*lui mettant la bourse entre les mains.*)

Non, pour preuve emportez-là, elle est à vous.

JOSEPH.

Elle est à moi! (*avec transport.*) Homme généreux! Je tombe à vos pieds, je les embrasse ....
Oui, je l'emporterai .... Je serois dénaturé si je
la refusois. (*elevant la bourse dans sa main.*) C'est
là-dedans, c'est là-dedans qu'est la délivrance d'un
pere, le bonheur de nous trois ; mais je tremble
de m'abuser .... Je ne sais si je dois .... Vous
me la donnez, dites, vous me la donnez ?

DE LYS, (*riant.*)

Oui, oui, je vous la donne .... je vous la
donne.

JOSEPH, (*la serrant avec force & avec un espece
de délire.*)

Eh bien, l'Univers entier ne me l'arracheroit
pas .... Or sacré, je te presse sur mon sein. Tu
vas servir la nature & ma tendresse .... Je sens,
pour la premiere fois, que l'on peut te chérir,
t'idolâtrer. (*à de Lys.*) Je reviendrai, Monsieur,
je reviendrai ; vous verrez quel usage j'en aurai
fait .... Vous serez forcé de pleurer de joie avec
nous, & ce sera-là votre récompense .... Que le
Ciel vous comble de véritables biens! Mon pere!
Ah! courons, j'ai peur de mourir en chemin.

S C E N E　I I I.

D E L Y S, F E L I X.

F E L I X.

Je crois qu'il en deviendra fou.

D E L Y S.

Tu vois l'effet immanquable de ma recette. Va,
il n'aura pas befoin d'une plus forte dofe.

F E L I X.

C'eft beaucoup pour lui, & même une fomme
prodiguée comme cela . . . .

D E L Y S.

Ah ça, Monfieur mon Intendant, parce que je
vous ai emprunté cet argent, vous vous mêlez de
faire des remontrances . . . . je n'en veux plus, je
n'en écouterai plus.

F E L I X, (à part.)

Bon, voilà ce que je voulois. J'aime qu'un
Maître parle ainfi.

D E L Y S.

Ces cent mille écus que ce Notaire voudroît
m'empêcher de toucher, remettront l'équilibre
dans ma dépenfe. Je veux jouir, moi; & depuis

que je feme l'argent, je n'ai trouvé rien de piquant. (*il bâilie.*) Si l'on me fâche , je me ruine-
rai .... Le plaifir eft quelque part ; je le pourfui-
vrai tant , que je l'enchaînerai fans doute. (*Il bâille
encore.*) Si elle vient , il faut, comme je t'en ai
fupplié , qu'on lui faffe entendre que fon cher
frere eft ici , fans cela peut-être ....

F E L I X.

En vérité , Monfieur , c'eft une infulte faite à
ma pénétration. Vous me répétez d'anciennes le-
çons que je fais par cœur.... Faites-moi l'honneur de penfer ....

D E L Y S.

Va , va .... Je crois vraiment que j'en fuis
amoureux , car je brûle de la voir ici.

U N L A Q U A I S, (*entre.*)

Monfieur du Noir.

D E L Y S.

Qu'il entre ... Sois aux aguets au moins, &
fonge à m'avertir auffitôt.

F E L I X, (*fâché.*)

Eh ! Monfieur, eft-ce mon coup d'effai ? Je
fais , je conçois , j'entends ....

S C E N E   I V.

DE LYS, Monfieur DU NOIR.

DE LYS.

Bon jour, Monfieur du Noir; prenez un fiege.

M. DU NOIR.

Je viens dans un moment favorable; vous êtes feul, & nous parlerons d'affaires.

DE LYS.

D'affaires! oh! non s'il vous plaît.

M. DU NOIR.

Mais il le faut ... Voilà dix fois que je viens ... Il faut que nous parlions.

DE LYS.

Pas pour long-tems donc, je vous prie; car j'attends une petite perfonne...

M. DU NOIR.

Quand elle viendra, je me retirerai.

DE LYS.

Ah foit ... Dépêchez toujours; de quoi s'agit-il?

M. DU NOIR.

C'eſt encore au ſujet de cette ſœur que feu Monſieur votre pere s'eſt aviſé de déclarer dans ſon teſtament.

DE LYS.

Eh bien , auroit-on eu quelques nouvelles ?

M. DU NOIR.

Vous m'aviez donné ordre de faire ſecrettement des perquiſitions pour prévenir l'orage qui pour-roit fondre un jour. Je n'ai encore reçu aucun éclairciſſement ; on ne ſait ce qu'ils ſont devenus. Votre Oncle, ſon Nourricier, après la mort de ſa femme, accablé de malheurs, m'a-t'on écrit, s'eſt ſauvé de ſon village avec elle & ſon fils. Ils ont erré je ne ſais où . . . .

DE LYS.
Tant mieux.

M. DU NOIR.

Tant pis . . . Car ſi nous ſavions poſitivement où elle eſt, nous prendrions de juſtes meſures pour lui lier les bras.

DE LYS.

Sans tant s'inquiéter, peut-être y a-t-il long-tems qu'elle n'eſt plus de ce monde . . . Lorſque mon pere quitta ſon miſérable pays pour courir après la fortune qu'il a rencontrée, je n'avois que ſix ans. A peine me ſouviens-je de cette ſœur dé-laiſſée en nourrice chez ſon Oncle bon-homme de

campagne. Le paſſé ne me ſemble plus qu'un rêve.
J'ai vu tant de choſes depuis. Je ne ſais par quel
ſcrupule mon pere a eû la folie de ſonger à cette
enfant, dans le moment précis où mes intérêts
ſembloient exiger qu'il l'oubliât entierement. C'eſt
un fort mauvais tour qu'il m'a joué. Il devoit l'em-
mener avec lui, l'élever comme moi, lui donner
une éducation brillante, ou n'en jamais faire men-
tion ; dans l'état où je ſuis, je ne pourrai jamais
reconnoître une payſanne pour ma ſœur.

M. DU NOIR.

Ah ! cela ne ſeroit pas décent ; & Monſieur
votre pere, par les ſoins qu'il a pris de ſe tenir inconnu à ſon frere, a bien ſenti de ſon vivant le
tort que lui cauſeroit une telle parenté. Pourquoi
a-t-il voulu vous obliger, en s'en allant dans l'autre monde, à ſouffrir ce qu'il n'a pu endurer dans
celui-ci ? Ces mourans ſemblent toujours à leur
départ oublier tous les uſages.

DE LYS.

Non parbleu ; je ne conſentirai point à perdre la
moitié d'un bien, qui à peine me ſuffit en entier. Je ne ſais pas comment l'on peut vivre avec
quatre-vingt-dix mille livres de rente : cela étoit
bon pour mon pere il y a vingt ans ; mais à moi,
à moi, il me faut le double néceſſairement.

M. DU NOIR.

Sans doute, le Financier doit briller ; autrement, par où attireroit-il les regards. Soit dit entre nous, ce n'eſt guere la naiſſance ni les actions
illuſtres qui peuvent les diſtinguer.

DE LYS.

Mais... cependant, Monsieur du Noir.

M. DU NOIR.

Pardon .... Je vous parle peut-être avec trop de franchise ; mais vous savez combien j'étois familier avec Monsieur votre pere. Nous nous sommes connus tous deux, non pas dans l'opulence au moins ; il étoit loin alors de prétendre à un équipage ; & les six maisons que j'ai dans Paris, appartenoient encore aux familles, qui depuis me les ont troquées contre du papier timbré.

DE LYS, (*souriant.*)

Mais on auroit tort de dire que vous êtes un sot, Monsieur du Noir.

M. DU NOIR.

Je me rappelle ce tems avec volupté, tout gueux que j'étois ; mais je n'ai pas été si heureux que Monsieur votre pere. Nous n'avions rien de caché l'un pour l'autre. Un Fermier-général venoit de le créer petit Commis lorsque j'obtins la place de second Clerc dans ma premiere Etude. Enfin devenu, grace à Dieu, Procureur après dix années d'assiduité constante, nous nous sommes rendus mutuellement bien des petits services, & je lui ai fait gagner plus d'un procès, qui, sans vanité, étoient des plus difficultueux ; aussi m'a-t'il toujours beaucoup distingué.... Il m'aimoit, je puis le dire.

D E L Y S.

Il vous en a donné de fortes preuves en vous nommant l'Exécuteur de ce teſtament, qui me fait appréhender un partage.

M. D U N O I R.

Ce Notaire lui aura fait peur ; c'eſt un Moraliſte éternel ; un moment de foibleſſe eſt pardonnable dans cette paſſe-là. Moi - même je ne ſais pas trop comment je m'en tirerai ; mais après tout, nous n'y ſommes pas. (*Après un moment de ré-flexion.*) Ne craignez rien , je vous ôterai cette épine-là du pied Il y a tant de reſſources dans notre art ; il eſt ſi vaſte , ſi profond , ſi compliqué, que ſi jamais elle ſe préſente , je ſaurai l'égarer dans un labirinthe d'où elle ne pourra ſortir . . . . Il n'y a que ce Notaire qui nous arrête ; nous aurons de la peine à le gagner.

D E L Y S.

Il faut que nous allions le voir encore.

M. D U N O I R.

C'eſt bien dit . . . Je ſuis à vos ordres.

D E L Y S.

Il ne vous aime pas , Monſieur du Noir.

M. D U N O I R.

Entre gens de notre robe , on ſe raccommode tout comme on ſe brouille. (*Felix entre.*)

DE LYS.

On vient ; je vous ai dit . . . .

M. DU NOIR, (*se levant & saluant.*)

Je me retire.

SCENE V.

DE LYS, CHARLOTTE, FELIX.

DE LYS.

EST-CE elle?

FELIX, (*tout bas.*)

Oui.

DE LYS.

Bien, bien...

FELIX, (*sort & fait avancer Charlotte.*)

Avancez, Mademoiselle ; je vous dis que votre frere est là qui parle à mon maître. (*A peine Charlotte a-t-elle fait un pas dans la chambre, qu'il sort en fermant la porte précipitamment.*)

DE LYS, (*allant à Charlotte.*)

Venez donc, ma belle enfant, venez...De quoi avez-vous peur ?

CHARLOTTE, (*voulant r'ouvrir la porte.*)

Monsieur, pardonnez-moi . . . . On me dit que

mon frere eſt ici.... Mon frere n'y eſt pas....
On me trompe....

D E L y s.

Eh bien , votre frere.... Il ne fait que de ſortir....Il va rentrer , attendez-le une minute.

CHARLOTTE, (*s'efforçant toujours d'ouvrir.*)

Monſieur, je l'attendrai au logis, s'il vous plaît....
Mais cette porte, cette porte s'eſt fermée.

D E L y s, (*ſouriant.*)

Oh ! nos portes ne s'ouvrent pas comme cela ;
il y a un petit reſſort inviſible .... Mais craignez-
vous de reſter un moment avec moi ? J'ai tant de
choſes à vous dire.

CHARLOTTE, (*prenant un ton grave & impo-ſant , dans lequel on entrevoit cependant un peu de timidité.*)

Non, Monſieur , je ne crains rien , vous pouvez dire ce que vous me voulez.

D E L y s, (*lui prenant les mains qu'elle retire.*)

Beaucoup, beaucoup de bien .... Mais il faut
nous aſſeoir .... Qu'avez-vous à regarder toujours à la porte ?... Vous dites n'avoir pas peur....
Ah ! La fauſſe brave ! Ces petites mains-là ſont
toutes tremblantes .... Aſſeyez-vous... Nous
parlerons enſemble. (*Il lui préſente un fauteuil.*)

CHARLOTTE.

Monſieur, nous avons coutume de parler debout.

DE LYS.

Ah! Charmante mutine! Allons, à votre fantaifie.... Oh ça, dites-moi; regardez bien ce bel appartement, ces meubles, ces trumeaux; n'aimeriez-vous pas de loger dans un appartement femblable; d'avoir de belles robes, des bijoux, & de vous mirer dans ces grandes glaces? Tout ceci n'eft-il pas bien délicieux, bien défirable, & tout ce qui s'enfuit?... Des domeftiques, une bonne table, un caroffe.... Oh! un caroffe roulant: pour celui-là c'eft un grand plaifir, n'eft-il pas vrai?

CHARLOTTE.

Je ne devine pas encore ce que Monfieur veut dire.

DE LYS.

Mais en effet; il n'eft pas facile de fe l'imaginer.... Ecoutez; fi l'on vouloit tout-à-l'heure vous donner un grand état... Par exemple, vous faire la femme d'un homme bien riche, à-peuprès comme moi; que donneriez-vous pour une fortune femblable?

CHARLOTTE.

Rien, Monfieur.

DE LYS.

Rien!... La chere enfant, elle eft naïve; elle croit pouvoir ne rien donner.

CHARLOTTE.

Je vous le dis fincerement, Monfieur; je n'envie

point cette grande aiſance où l'on oublie tout, où
l'on s'oublie ſoi même. Je ne pourrois point vivre dans cette abondance, ſans ſonger que tout
ce ſuperflu eſt pris ſur tant de malheureux qui ſont
dans le beſoin.... Je parle ainſi, parce que je
ſais ce que c'eſt que l'indigence.

DE LYS, (*d'un ton appuyé.*)

Vous ne la connoîtrez plus, ni vous ni votre
frere. Je veux faire ſa fortune ; je viens déjà de
lui donner une bourſe de louis. Comme il eſt parti
joyeux ! Comme il m'aime !

CHARLOTTE, (*avec étonnement.*)

Mon frere ! Vous lui avez donné de l'argent !
Ah ! Monſieur, laiſſez-moi courir à lui.... laiſſez-moi.... Qu'il vous le rende.

DELYS.
Comment !

CHARLOTTE.

Une généroſité ſi extraordinaire ne peut avoir
en vous que des vues qui m'effrayent.

DE LYS.

Voilà de grands mots ! Mais je n'exige qu'un
peu de reconnoiſſance.... Vous direz encore
que vous ne pouvez rien, que vous ne m'entendez pas....

CHARLOTTE.

Je crains au contraire de vous avoir trop entendu.... Je ne puis reſter ; faites-moi ouvrir,

Monfieur, faites - moi ouvrir, je vous en fupplie.... je vous en fupplie....

DE LYS.

J'y perdrois trop, & cette complaifance feroit
cruelle à moi-même. Pourquoi voulez - vous que
je me haïffe à ce point ? Je m'aime un peu, voilà
tout mon crime, fi c'en eft un. Si vous daigniez
m'imiter, rien ne vous manqueroit ; vous fe-
riez mieux avec moi, que fi vous étiez la femme
d'un Duc, ou celle d'un Prince.

CHARLOTTE, (avec une fermeté noble.)

C'eft pour me faire de pareilles propofitions
que vous m'avez fait entrer ici fous l'appas trom-
peur que mon frere m'y demandoit. Vous nous
outragez ainfi, parce que nous fommes pauvres
& fans protection. Vous ne rougiffez point de
nous tendre de pareils piéges, d'augmenter le fentiment de notre infortune par le mépris que vous
faites de nous. Vous ne daignez pas nous fuppofer
des vertus. Vous croyez facile de nous deshonorer, parce que vous ne doutez pas même de votre
triomphe. Vous le fondez peut-être fur l'excès de
nos befoins. Que je fuis heureufe d'avoir reçu une
éducation honnête ! Sans elle je rifquerois peut-
être d'être féduite par ces faux biens que vous me
propofez. Je perdrois le plus précieux des tréfors ;
cette eftime de foi - même qui n'appartient qu'à
qui fait fe refpecter ; ce calme qui fuit l'innocence ;
je les perdrois ces biens ineftimables : on m'appel-
leroit une malheureufe ; je le ferois ; je ne pourrois plus rien regarder autour de moi que la rou-
geur fur le front.

DE LYS.

D E L Y S.

Elle parle comme Pamela . . . . . Mais ce n'eſt
point-là un langage de campagne . . . . Dites-moi
un peu, où avez-vous vécu ? . . . Vous avez donc
vu du monde.

C H A R L O T T E.

Depuis que nous avons quitté le village que je
regrette, nous avons été forcés de demeurer dans
pluſieurs villes, & toujours avec d'honnêtes-gens
qui nous ont appris à bien parler, & à penſer encore mieux. Mon frere & moi aimons à lire enſemble dans les courts momens de notre loiſir :
c'eſt un plaiſir bien doux & qui ne nous coûte
rien. Il ſuſpend quelquefois nos peines. Parmi les
livres que l'on nous a prêtés, je me ſouviens parfaitement de cette hiſtoire de Pamela ; & ſi vous
l'avez lue, elle devroit vous avoir touché.

D E L Y S.

(*A part.*) Je me doutois bien qu'elle avoit lu....
Vous avez donc été formée par des livres.

C H A R L O T T E.

Et par le malheur plus inſtructif encore.

D E L Y S.

Vous croyez donc à tous ces romans, à ces ta-
bleaux chimériques . . . . L'exemple de Pamela eſt
un peu fort . . . . Eh bien, moi je vous prêterai des
livres tout auſſi eſtimés. J'ai là une bibliotheque
avec des eſtampes telles que vous n'en avez

jamais vues.... Sur ma parole, vous prendrez goût à cette lecture.

CHARLOTTE.

Je ne lis que les livres que mon frere approuve, & l'on a voulu nous en prêter qu'il a rendus tout de suite & sans vouloir en lire les premieres pages.

DE LYS.

Il est donc bien scrupuleux aussi votre frere?... Est-il lecteur?

CHARLOTTE.

Nous avons été élevés ensemble aux mêmes occupations comme aux mêmes vertus.

DE LYS.

C'est-à-dire que vous avez reçu les mêmes préjugés... Il est bon de moraliser, mais c'est quand on ne trouve pas à faire mieux... Tous ces Faiseurs de livres font les premiers à rire sous le masque de ce qu'ils ont écrit. Quand on est jeune & jolie, on doit monter sur le trône des plaisirs. C'est-là qu'on est adorée & servie en Reine. Il ne faut qu'ouvrir les yeux pour découvrir cette route facile & fortunée. Ces brillantes créatures couvertes de diamans, que l'on rencontre dans toutes les fêtes, & qui en paroissent les Divinités, mourroient de faim si elles n'avoient secoué un joug qui les captivoit dans le malheur.... La volupté ne ment jamais, jamais.... (*avec passion & se saisissant d'elle.*) Belle comme Psyché, aussi timide, aussi farouche qu'elle, tu te fais un monstre de l'amour;

(*avec transport.*) Va, ose-le regarder seulement,
& bientôt tu en seras folle.

CHARLOTTE, (*reculant toute agitée.*)

Monsieur, faites ouvrir à l'instant.... à l'instant même, ou j'oserai tout....

DE LYS.

Eh doucement, doucement ; votre frere....

CHARLOTTE.

Je n'attends plus mon frere.... Ah! s'il savoit....

DE LYS.

Comment s'il savoit.... Mais ne craignez rien
de lui ; il est d'accord avec moi. J'en fais mon Fa-
vori. Il sent mieux que vous que c'est votre bonheur que je veux faire.

CHARLOTTE, (*avec indignation.*)

Homme vil ! c'est devant moi que vous osez le
calomnier aussi indignement. Vous l'avez surpris
en lui faisant accepter cet argent. Il vous le remet-
tra dès que.... Vous saurez combien nous mé-
prisons tout ce qui vient de vous. Le besoin aura
beau nous poursuivre, il ne pourra que nous faire
mourir.

DE LYS.

Mais quelle fausse idée !... Sachez que je ne
veux que votre aisance, votre félicité.... Je
vous offre un sort envié de tant d'autres, ma fortune, mon cœur. Une premiere proposition effa-
rouche, d'accord.... Mais revenez à vous....
Je serai respectueux....Discutons seulement...,

CHARLOTTE, (*regardant de tous côtés comme cherchant quelque chose.*)

Pour la derniere fois , Monfieur , faites ouvrir.

DE LYS.

Oh, d'honneur , non... je m'en garderai bien...
Nous ne pouvons nous quitter que bons amis d'a-
bord... En confcience , tout autre parti devient
inutile ... (*Charlotte fe faifit intrépidement d'un fufil
à deux coups , qu'elle apperçoit dans un coin.*) Mais
que faites-vous , que faites-vous là ?

CHARLOTTE , (*avec force.*)

Je fortirai ... N'approchez pas.

DE LYS, (*effrayé.*)

Laiffez ce fufil, Mademoifelle , laiffez-le ... Il
eft chargé à balles ... prenez garde.

CHARLOTTE, (*d'un ton déterminé.*)

Malheur à lui s'il approche. (*Elle frappe à la
porte avec la croffe du fufil , & à grands coups redou-
blés en criant.*) Ouvrez, Meffieurs, ouvrez, ouvrez , de grace. (*Auffitôt un des deux canons part,
& le fufil tombe des mains de Charlotte.*)

DE LYS, (*tombant dans un fauteuil.*)

Ah !

FELIX, (*en dehors , ouvrant la porte tout au large
& avec précipitation.*)

Au fecours ... au fecours ... au fecours.

CHARLOTTE, (*se sauvant.*)

Ah Dieu !

(*Felix & de Lys restent immobiles dans leur pre-*
miere attitude, en se regardant sans pouvoir parler.)

SCENE VI.

DE LYS, FELIX.

FELIX, (*après une longue pause.*)

Un coup de fusil ! . . . D'ou part-il ? . . . Qui est
blessé ? . . . En vérité , je ne reviens point de mon
premier effroi.

DE LYS.

Je suis moi-même tout étourdi.

FELIX.

Je ne devine pas comment . . . .

DE LYS.

Pour m'échapper elle enfonçoit la porte avec
ce fusil . . . . Un des canons a pris feu . . . . Elle a
failli parbleu à me casser la tête . . . .

FELIX.

Rien moins que cela, Monsieur . . . Quelle au-
dace avec sa vertu ! (*ramassant le fusil avec précau-*
tion.) Mais c'est un scandale affreux. Toute la maison est en l'air ; on va venir . . . .

D iij

DE LYS.

Courons vîte au devant. Montrons que ce n'est rien . . . Fais semblant de rire. (*avec humeur.*) Eh ris donc . . . .

FELIX, (*s'efforçant de rire.*)

Oui, oui, Monsieur, je rirai . . . Ah ! ah ! ah !

Fin du second Acte.

ACTE III.

SCENE PREMIERE.

LA scene se passe sur un large paillier d'escalier, qui communique à l'anti-chambre de l'appartement de de Lys.

REMI, JOSEPH.

(Le vieux Remi est conduit par Joseph ; il l'amene comme en triomphe, & dans le délire de la plus grande joie.)

JOSEPH.

C'EST ici la maison de notre Bienfaiteur. Voici son appartement; courons embrasser ses genoux.... Après vous, c'est lui que mon cœur chérit & honore. Par quel bienfait il a consolé les chagrins de ma vie.... Mon pere! il n'est plus, il ne sera plus de douleur ni pour vous, ni pour moi.

REMI, (s'asseyant.)

Ah ! mon fils, je me sens déjà las. Depuis dix mois que mes jambes ne prennent qu'un foible exercice, je m'étonne moi-même de me voir marcher.... Comme le plaisir succede à la peine! Que

D iv

dis-je ? Ai-je souffert ? Non, le Ciel m'a donné un bon fils ; & tandis que les Riches ont des enfans barbares & dénaturés, les miens ont essuyé mes larmes ; leurs tendres soins m'ont fait bénir la pauvreté & l'esclavage.

JOSEPH, (*embrassant son pere.*)

Comme j'étouffois en vous embrassant dans la prison ! Je vous déguisois les tourmens de mon ame ; mais c'est ici que ma joie est pure, entiere, inaltérable.... Ah Dieu ! je n'ose encore reporter la vue sur vos souffrances.

REMI.

Mes souffrances ! .. Je suis homme, mon fils, j'en ai dû essuyer les peines. J'ai vu d'autres malheureux souffrans à mes côtés... Il étoit une douceur secrette que l'infortune n'a pu me ravir ; c'étoit de sentir mon ame en paix, de me juger, de me connoître innocent. Si les coups de l'injustice m'ont fait verser quelques larmes, le désespoir n'est jamais entré dans mon cœur. Dieu voyant ma soumission, m'a prêté le courage.

JOSEPH.

C'est votre cœur généreux qui vous a conduit dans les prisons. C'est la répugnance invincible que vous avez eu à faire enlever les meubles de vos freres les Cultivateurs de la terre ; & n'ayant pu justifier ces pourfuites iniques qui révoltent l'humanité, vous avez été considéré comme ayant dissipé les deniers Royaux.

REMI.

Ah ! plutôt mourir que d'être le Miniſtre de ces
cruautés.... Va, lorſqu'au milieu des murs élevés de mon étroite priſon, je pouvois découvrir
un coin du Ciel, je me trouvois conſolé. Je me di-
ſois ; là réſide le Protecteur des malheureux. La
terre les oublie ; mais il n'en eſt pas un ſeul qui ne
ſoit préſent à ſes regards.

JOSEPH, (*avec véhémence.*)

Mon pere ! ... Et cependant la faim vous auroit
dévoré dans ce ſéjour de larmes & d'horreur, ſi....

REMI, (*fort & vivement.*)

Arrête, & qu'eſt la Providence ? .... Dieu
m'aimoit, puiſqu'il m'a conſervé mon Joſeph ...
Et ma Charlotte, où eſt-elle ?

JOSEPH.

Je l'ai apperçue, je l'ai appellée, elle accourt....
Viens, ma ſœur, viens ....

SCENE II.

REMI, JOSEPH, CHARLOTTE.

CHARLOTTE, (*accourant & tombant aux pieds du Vieillard.*)

Mon pere, vous êtes libre!... Mon pere est délivré!... Et quel Dieu!... Ah mon frere!... Félicité inattendue!

REMI.

Mes enfans, mes enfans, remercions tous le Ciel... J'ai toujours espéré en lui. Mon contentement redouble des marques de votre trendresse... Nous ne ferons plus féparés.

JOSEPH, (*appercevant de Lys.*)

Il vient à nous, mon pere! le Bienfaiteur qui nous rend tous trois à la vie.

SCENE III.

REMI, JOSEPH, CHARLOTTE, DE LYS.

R E M I, (*s'en allant au devant de de Lys.*)

A H ! Monfieur, comment m'acquitter de ce que je vous dois, & payer ce que vous me faites goûter en ce moment ? ...

J O S E P H, (*l'interrompant.*)

Jouiffez de votre générofité .... Mon pere, que voici, étoit détenu en prifon pour des dettes malheureufes. Il y feroit peut-être mort dans les horreurs de la mifere ; mais par le moyen de cet or que vous m'avez donné, j'ai obtenu fon élargiffement. Ses enfans le poffedent.... Voilà l'emploi, Monfieur, que j'ai fait de cette fomme qui me fut fi chere.

D E L Y S, (*un peu interdit.*)

C'eft bien, c'eft bien. Affeyez-vous bon-homme. J'aime à faire du bien, moi.... Vous verrez.

J O S E P H.

Vous êtes un Dieu pour nous ; nous vous chérirons, nous vous refpecterons jufqu'au dernier foupir .... Mon pere, ma fœur, jettons-nous à fes pieds. (*à Charlotte qui pleure.*) Tu pleures de joie. (*Remi & Jofeph vont pour s'incliner, de Lys les releve.*) Monfieur, que ces larmes muettes vous exprimnt la plus vive reconnoiſſance ! (*à Charlotte qui eſt demeurée debout.*) Eh quoi ! tu ne te joins pas à nous ! Charlotte ſeroit-elle inſenſible, ingratte ?... Tu m'étonnes ! tu m'affliges !

CARLOTTE, (*tenant les mains de ſon pere.*)

Ah ! Joſeph, Joſeph ! ſuſpends un moment .... Non, non. (*Elle ne peut continuer, ſa voix s'étouffe dans le ſein de ſon pere.*)

DE LYS, (*voulant ſéparer Charlotte d'avec ſon pere.*)

Allons, c'eſt aſſez, laiſſez un peu reſpirer ce vieillard en paix, ne l'accablez pas tant. Il auroit beſoin de prendre quelque reſtaurant. Qu'il deſcende, je vais avertir qu'on le traite bien à l'office.

CHARLOTTE, (*tenant toujours les mains de ſon pere.*)

Mon pere ! je ne ſaurois parler.... Je ne puis....

REMI.

Eh bien ma fille !... Tes ſanglots ....

CHARLOTTE.

Hélas !... Il vous faut retourner en priſon.

JOSEPH, (*avec une ſurpriſe mêlée de douleur.*)

Que dis-tu, Charlotte ?

CHARLOTTE.

On te trompe, mon frere, on t'abuſe, & tu ignores ....

DE LYS.

Paix, paix de grace .... Voulez-vous ?...

CHARLOTTE.

Non, Monfieur, non ; fi je me taifois je ferois coupable ; je trahirois leur honneur & le mien.... Je ne leur ai jamais rien caché .... Ils fauront tout.

REMI, (*fe levant.*)

Comment donc, ma fille ?...

CHARLOTTE.

Cet or qui vous a rendu libre, fut prodigué pour féduire mon frere & moi. Tout le bien qu'il veut nous faire, n'eft qu'au prix de mon deshonneur .... Mon pere, retournez en prifon.

REMI, (*avec nobleffe.*)

Oui, fans doute, j'y retournerai dès ce moment, & avec plus de joie que je n'en fuis forti. L'efclavage, Monfieur, me fera moins dur que la liberté ; parce que je vous la dois, & que je rougis de vous la devoir. Peut-être un jour l'aurois-je dû à la piété de cœurs vraiment défintéreffés ; alors mon ame fe feroit livrée au doux fentiment de la reconnoiffance, au lieu qu'elle eft déchirée de regrets amers. Je préfere les chaînes à vos offres honteufes. Je vais vous figner un billet, & vous offrir un titre qui vous donnera le même droit, car mon corps eft le feul bien que je poffède ; mais plutôt mourir elle & moi, que de fouffrir fon infamie !

DE LYS.

Vous vous emportez bien vîte. Suspendez un moment.... Ecoutez-moi....

REMI.

Qu'écouterois-je désormais ? Que direz-vous, Monsieur ? Parlez, achevez votre ouvrage ; poignardez le cœur d'un pere ; osez le corrompre pour faire une infâme de sa fille. Je suis pauvre, mais honnête ; je n'ai jamais rougi de l'infortune, mais je me sens humilié de l'idee que vous avez conçue ; & de quel droit comptez-vous me rendre votre complice ?

DE LYS.

Je ne veux point vous humilier. Je suis riche, je puis ajouter libéral. Il est en mon pouvoir de vous faire toute sorte de biens. Est-ce-là être criminel ? Vous êtes l'unique auteur de vos maux. Vous préférez votre misere à la fortune qui vous rit, vous.... (*Il demeure interdit, muet devant le regard du vieillard.*)

REMI, (*le fixant avec une noblesse tranquille, mais ferme.*)

Achevez, Monsieur, achevez ; vous n'osez, vous ne pouvez soutenir le regard d'un pere.... Misérable, dénué de tout, il vous anéantit ; il vous revele la turpitude & la bassesse de vos desseins, ou plutôt il vous éclaire en ce moment ; car je me plais à croire que vous n'êtes pas un méchant. Non, vous ne l'êtes pas.... Vous sentez

que vous vous dégradez , que vous vous rendez
vil à mes yeux. Allez , j'oublie mon injure pour
vous faire connoître à quelle honte vous vous
livrez ....

JOSEPH, (*furieux.*)

Ah ! Barbare dont je n'ai pu deviner le cœur ,
pourquoi m'avoir abufé , pourquoi me montrer
une ombre de félicité pour me précipiter tout-à-
coup dans le défefpoir ? Ah ! que n'ai-je fu lire fur
ce front perfide. J'aurois foulé aux pieds cet or
que j'ai béni, j'aurois ....

REMI, (*en pere qui commande.*)

Paix , mon fils , paix , je vous l'ordonne.

JOSEPH, (*à part.*)

O tourment inconnu ! ... L'opprobre nous at-
tendoit, & ces coups partent de lui !

DE LYS, (*avec un peu de contrainte.*)

Mais vous ne m'avez point laiffé achever ....
Cet attachement pourroit devenir férieux ; épris de
ces charmes, je pourrois former avec elle des
liens qui banniroient tous vos fcrupules : ce ne
feroit pas là , fans doute , le premier exemple que
vous auriez vu, dans le cours de votre vie , du
triomphe de la beauté , & la fienne eft faite ....

REMI.

Nouvelle infulte que je méprife , ou plutôt que
je pardonne à un malheureux jeune homme qui
n'a jamais conçu ce que c'eft que l'honneur , ce
qu'il exige , ce qu'il ordonne , ce qu'il infpire. Il

eſt une juſte & louable fierté qui convient plus
ſouvent aux pauvres qu'aux riches mêmes. Je la
ſens, Monſieur ; & quoique vous faſſiez , vous
ne m'abaiſſerez point. Non, jamais.... Vous fe-
riez dans les ſentimens de l'époufer , que je ne
vous jugerois pas digne d'elle : ce n'eſt point par
l'opulence que l'on s'égale à la vertu. Allez , je
lui deſtine un autre époux, & qui ſaura la rendre heureuſe. (*Scene muette entre Joſeph & Char-*
lotte.) De ce pas je cours accomplir ce que depuis long-tems mes vœux demandoient au Ciel :
c'eſt pour ce ſeul bonheur que j'aſpirois au moment d'être élargi ; il ne me faut qu'une heure. Je
reviendrai, Monſieur, m'engager votre Débiteur,
& me livrer à vous .... Vous croyez à ma parole.

DE LYS, (à Remi.)

Demeurez , ſoyez libre.

REMI.

Non , je ne veux vous rien devoir ; (*en mon-*
trant Charlotte.) vous l'avez outragée.

DE LYS, (allant à Charlotte.)

Et vous Charlotte , eſt-il vrai que vous me dé-
teſtez ? (*geſte muet de la part de Charlotte.*)

REMI.

Il nous feroit impoſſible d'accepter aucun de
vos bienfaits ; ils ſont trop cruels , & malheur à
qui les attire .... Ma fille ! mon fils ! (*Ils vont*
comme pour s'éloigner.) Mais non , reſtez ; & vous
Monſieur , puiſque le vice eſt encore étranger à
votre

votre ame, qu'elle peut être changée par l'exemple d'une vertu victorieuse de l'infortune , & par celui des révolutions de la fortune qui nous joue tous tant que nous sommes ; soyez témoin d'un aveu que mon cœur ne sauroit garder plus long-tems. (*A ses enfans.*) Voici le moment que je vous ai promis , & je dois surtout m'expliquer devant Monsieur, pour éteindre dans son cœur jusqu'aux dernieres lueurs d'une espérance coupable... Charlotte.... Joseph... Vous vous croyez frere & sœur... Mes enfans, l'un de vous deux . . . .

JOSEPH.

Qu'allez-vous dire ! . . . L'un de nous deux n'est pas votre enfant ?

CHARLOTTE.

Je tremble pour lui . . . Je tremble pour moi . . .

REMI.

Je serai toujours votre pere ; je vous aimerai toujours également : vous ne cesserez point d'être à moi ; vos cœurs me resteront, j'en suis bien sûr... O ma Charlotte ! Je t'ai souvent parlé de ton oncle & de son fils qui vivoient dans l'opulence ; vous savez l'un & l'autre combien j'ai fait de recherches, & toutes hélas ! infructueuses.... Eh bien, Charlotte , apprends que c'est ton pere, que c'est ton frere que je cherchois.

CHARLOTTE, (*avec douleur.*)

Je ne suis pas votre fille !

JOSEPH.

Je ne serois pas ton frere ! o Ciel !

E

R E M I.

Un moment, chers enfans, & ne m'interrompez pas. (*A Charlotte.*) Tu m'as été confiée en naiſſant par mon frere. Ma femme te nourrit de ſon lait, & te ſervit de mere. Elevée avec mon fils comme ſa propre ſœur, & forcé de vous laiſſer l'un à l'autre, je n'ai pas trouvé de moyen plus aſſuré pour vous conſerver dans une union pure & fraternelle, que de vous laiſſer ignorer un ſecret dont j'ai toujours porté ſur moi les preuves écrites en cas d'évenement. Vous ſavez, comme frappé de pluſieurs revers, errant de côté & d'autre, j'ai perdu juſqu'à l'eſpérance de retrouver les deux parens que j'ai inutilement redemandés à toute la terre. Ils avoient changé de nom. On les diſoit établis dans cette capitale ; mais le ſort m'a toujours enlevé juſqu'aux moindres indices.... Charlotte, mon enfant, tu devrois vivre aujourd'hui dans l'opulence, & tu demeureras pauvre ; mais tu auras la vertu, le courage, l'innocence & la paix de l'ame. Que ces biens te conſolent de ceux que tu as perdus....

D E L Y S, (*à part.*)

Il me faut écouter juſqu'au bout.... Voilà qui m'intéreſſe fort.

R E M I.

J'ai bien gagné le droit de diſpoſer de toi. Il te faut un Epoux qui ſache te connoître & t'aimer ; il te faut un Protecteur. Une union fortunée n'eſt pas interdite aux Pauvres : c'eſt même un avantage que les Riches ſemblent leur envier. (*Joſeph & Charlotte entrelaſſent leurs mains, & leurs regards expri-*

ment leurs fentimens mutuels.) Oui , mes enfans ,
je connois vos cœurs ; ils font nés l'un pour l'autre , & Joseph doit retrouver une épouse en per-
dant une sœur. (*à Charlotte.*) Parle ; ne le préfé-
reras - tu pas non-feulement à ce Riche , mais encore à tout autre ? (*Ils s'embraffent.*)

C H A R L O T T E.

Ai-je befoin de le dire ?

D E L Y S , (*à part.*)

Quelle fcene ! quel rapport ! quel trouble s'em-
pare de moi !

J O S E P H.

Charlotte ! . . . Ah ! c'eft pour la vie.

C H A R L O T T E.

Mon . . .

J O S E P H.

Oublie le nom que tu allois prononcer , oublie-
le pour un autre non moins cher . . . . Sous quel
titre que je t'obtienne , il ne me fera pas poffible
de t'aimer davantage.

REMI , (*à de Lys qui refte penfif en les contemplant.*)

Voyez fi tout ce que vous poffédez vaut un feul
de nos treffaillemens. Ah ! fi vous pouviez fentir
ces mouvemens purs & doux . . . (*avec tranfport.*)
Riches malheureux , gardez votre or indigent , &
laiffez-nous la volupté des larmes. (*Il preffe fes en-*
fans dans fes bras.) Allons , mes enfans , je vous
conduirai , fuivez - moi : l'air que l'on refpire ici
n'eft pas bon . . . . Monfieur, j'ai voulu vous ren-

E ij

dre le premier témoin de la déclaration que je dois
faire publiquement. Il faut qu'il en foit dreffé un
acte dans les formes, enfuite je reviendrai.... Je
vous ai déjà engagé ma parole, adieu. (*Jofeph &*
Charlotte fe font déjà éloignés.) (*de Lys arrêtant Re-*
mi & le tirant à part.)

DE LYS.

Un mot.

REMI.

A mon retour, Monfieur, à mon retour, & je
fuis tout à vous.... Craignez - vous pour votre
fomme ; je vais vous figner un billet.... Accor-
dez-moi feulement une heure.

DE LYS.

Je ne vous demande qu'un mot. Dites-moi de
grace votre nom & de quel pays vous êtes.

REMI, (*en s'en allant.*)

Remi, de Montbofon, en Franche-Comté....
Serviteur.

SCENE IV.

DE LYS, (*extrêmement agité, & se promenant à grands pas.*)

CEST lui, c'est elle, ce sont eux ... Oh ! je ne puis en douter ... Rencontre fatale ! Sort perfide ! J'ai manqué de me trahir. Il faut ici de la prudence, de l'activité. Le premier pas, sans doute, est de ne point les laisser échapper par la ville. Je leur donnerai de l'argent & les renverrai sur le champ hors de Paris. (*Il sonne, un Domestique entre.*) Dubois, courez vîte après eux ; engagez-les à revenir tout de suite. Dis-leur que j'ai quelque chose d'important à leur communiquer, & que cela ne souffre aucun retard. Acquitte-toi bien de ta commission. (*Le Domestique sort.*) Je les retiendrai ici. J'abjurerai devant eux cette frivole fantaisie qui m'a surpris je ne sais comment. Je prodiguerai l'or avec les démonstrations d'un zele purement généreux. Dès demain je les ferai embarquer pour la Province. Avec une chaumiere & quelques arpens de terre, je les rendrai bien contens. Oui, voilà ce qu'il faut faire pour réussir ... Mais je suis tout tremblant : je voudrois, je ne sais .... Que deviendra tout ceci ? (*Il marche à pas précipités.*)

SCENE VI.

DE LYS, M. DU NOIR.

DE LYS.

A H , Monſieur du Noir, bon jour; vous venez fort à propos.

M. DU NOIR.

Dieu merci je vous trouve. Je craignois fort de ne pouvoir vous rencontrer ; car . . .

DE LYS.

Ecoutez-moi . . . . J'ai à vous dire . . . .

M. DU NOIR.

Laiſſez-moi vous annoncer auparavant . . . .

DE LYS, (*avec impatience.*)

Eh ! non, c'eſt moi qui dois vous apprendre....

M. DU NOIR.

Mais, de grace, prêtez-moi l'oreille . . . .

DE LYS.

Volontiers, après que je vous aurai dit . . . .

M DU NOIR.

Mais ſi vous ſaviez . . . .

D E L Y S.

Je fais cela.

M. D U N O I R, (*avec vivacité.*)

Vous, vous? C'eſt étrange ; vous ſavez que je
viens de recevoir de leurs nouvelles. Vous ſavez
cela ?

D E L Y S, (*frappant du pied.*)

Oui, je le fais mieux que vous.

M. D U N O I R.

Vous m'impatientez : apprenez, apprenez que
cette ſœur eſt à Paris avec un vieil oncle & un
couſin ?

D E L Y S.

Je le fais, je le fais, morbleu; je ne le fais que
trop.

M. D U N O I R, (*étonné.*)

Vous le ſavez! Et d'où s'il vous plaît ?

D E L Y S.

Nous les cherchions bien loin ; ils étoient ſous
nos yeux.

M. D U N O I R.

Sous nos yeux!

D E L Y S.

Ce Tiſſerand dans ce galetas, frere & ſœur ſup-
poſés ; ce pere en priſon ; tout cela ſort d'ici.

M. D U N O I R.

Eſt-il poſſible !...

E iv

DE LYS.

Ils étoient-là; à ce qu'ils ont dit, je les ai reconnus.

M. DU NOIR, (*stupéfait.*)

Là, ils étoient-là ?

DE LYS.

Eh oui.... Si vous saviez ce qui s'est passé entre moi & cette famille indigente. J'avois donné cinquante louis à ce Tisserand; ils ont servi à tirer le pere de prison.

M. DU NOIR, (*avec humeur.*)

Que diable vous avisiez-vous aussi de donner votre argent? Cela porte toujours malheur.

DE LYS.

Le pere m'a fait l'offre de me faire un billet.

M. DU NOIR.

Un billet ! prenez, prenez ; mais surtout faites m'en faire le modele : qu'il n'y soit pas dit que la somme dont il se reconnoit Débiteur a servi à le retirer de prison ; car nous ne pourrions plus l'y faire rentrer.

DE LYS.

Oh ! ce n'est point cette misérable somme qui m'inquiette.

M. DU NOIR.

Vous avez tort... Mais cette canaille va faire du train... Ils savent donc que vous êtes...

D E L Y S.

Rien à mon égard ; ils ne se doutent seulement
pas . . . .

M. D U N O I R, (*avec joie.*)

Ils ne savent rien ? Oh! laissez moi faire, lais-
sez-moi faire. Je les écarterai bien vîte. Allez, je
les ferai coffrer tous trois en prison ; ils me doivent trois termes: où sont-ils ; où sont-ils ?

D E L Y S.

J'ai fait courir après eux pour mieux les retenir ;
vous allez les voir, vous allez les voir.

M. D U N O I R.

Bon, bien imaginé . . . . On vient . . . . Prenons
bien garde à nous. Les voici.

SCENE VI.

DELYS, Monsieur DUNOIR,
DUBOIS.

DE LYS, (*avec impatience.*)

Eh bien ?

DUBOIS

Monsieur, il ne ma pas été possible de les faire revenir sur leurs pas. Le Vieillard m'a juré qu'il seroit ici dans une heure ; mais il m'a dit vouloir auparavant parler à un Notaire. Il m'en a demandé un de confiance, un honnête homme, un bon humain. Je lui ai enseigné le vôtre ; ils y courent.

DE LYS, (*furieux.*)

Malheureux.... Tu périras de ma main.

DUBOIS, (*tremblant.*)

Eh ! Monsieur, est-ce que j'ai mal fait ? Ce Notaire n'est-il pas un fort honnête homme ?

DE LYS.

Retire-toi, crains ma colere.... Retire-toi.

SCENE VII.

DELYS, Monsieur DU NOIR.

M. DU NOIR.

MAIS il y a une deſtinée qui nous joue.....
C'eſt un ſort, c'eſt un ſort.

DE LYS, (*allant & venant*)

La fureur me tranſporte.

M. DU NOIR.

Au ſurplus, quand votre Valet n'eut pas indi-
qué votre Notaire, le premier auquel ils ſe ſeroient
adreſſés n'auroit pas manqué de les inſtruire de
tout, parce qu'il eſt annoncé qu'on a quelque
choſe de très-intéreſſant à dire à votre ſœur
ou à ſes héritiers. On a même promis une récom-
penſe à celui qui pourroit en donner des nouvelles ; & dans les affiches d'aujourd'hui, un Commis de Receveur des Tailles y fait ſavoir qu'elle
eſt à Paris, ainſi que ſon frere, & que ſon oncle
eſt détenu en cette ville pour deniers Royaux, ſes
meubles n'ayant pas ſuffi pour le libérer.

DE LYS.

Mais que faire ? Comment parer ce coup ter-
rible ?

M. DU NOIR.

Habillez-vous, & faites avant courir chez ce

Notaire afin qu'il vous attende & qu'il ne foit vifible pour perfonne.... Prévenez-le bien d'être
feul , & mettez la plume à la main fur le champ.
(*De Lys eft comme un fou ; il fonne tous fes laquais.*)
(*Les laquais arrivent.*)

D E L Y S.

Mon Secrétaire ?

U N L A Q U A I S.

Monfieur , il eft forti.

D E L Y S, (*fe promenant.*)

L'Impertinent ! le fat ! Quand j'ai befoin de lui.
Allez , allez … Reftez … Sortez tous … Comme
tout s'enchaîne ! … Si je n'avois pas donné une
bourfe de louis, il ne feroit pas forti de prifon , il
ne feroit pas venu ici, il n'auroit pas eu l'adreffe
de mon Notaire.... Jour fatal ! Maudite fantaifie.

M. D U N O I R.

Mais , Monfieur , il faut écrire deux mots abfolument.

D E L Y S, (*fe défefpérant.*)

Mon Secrétaire abfent, puis-je écrire ?

M. D U N O I R.

Eh ! Monfieur , je vous en fervirai.

D E L Y S.

A la bonne heure , que ne me difiez-vous ? …
Paffons dans mon cabinet. (*Il fonne.*) De l'encre ,

une plume. Vous me dicterez tout au long comme il faudra mettre, entendez - vous, tout au long. (*regardant ſes Domeſtiques.*) Je chaſſerai tous ces coquins-là.

Fin du troiſieme Acte.

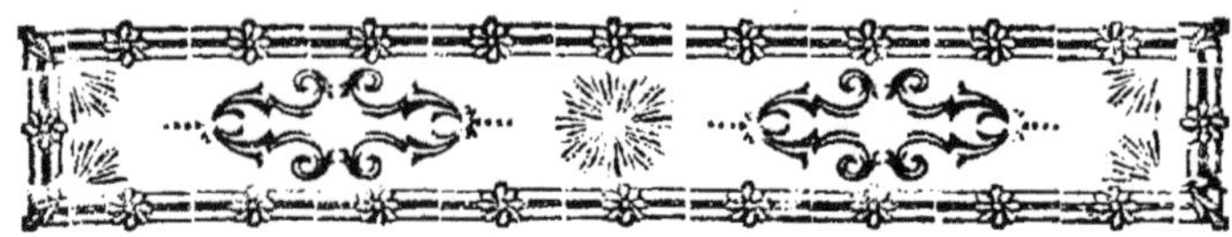

ACTE IV.

Le Théâtre repréſente le Cabinet d'un Notaire. Il eſt aſſis en robe de Chambre devant ſon bureau garni de papiers & de cartons.

SCENE PREMIERE.

LE NOTAIRE, (*Il lit & ſigne.*)

QUE d'emprunts! On n'a jamais vu de ſiecle plus affamé d'argent.... Où paſſe-t'il? (*Il ſécoue la téte.*) Mauvaiſe affaire que tout ceci. Plus de fonds, plus de crédit!... Ce Particulier jouiſſoit de la confiance publique; c'étoit pour lui une mine inépuiſable.... Le mal-adroit l'a imprudemment fermée, & il voudroit encore... (*Il leve les épaules.*) Quelle impéritie!... (*Un Clerc entre, & lui préſente des papiers à ſigner.*) Qu'eſt ceci?... Ah! c'eſt cet Uſurier qui a fait banqueroute.... On arrange tout aujourd'hui. Quel brigandage! Et ces héritiers ſont ils venus? Prendront-ils jour enfin pour finir?

LE CLERC.

Un inſtant après que vous êtes ſorti, Monſieur Durand les a voulu accorder définitivement, &

trois heures entieres de contestations n'ont rien
avancé . . . . Ils vont plaider.

L E N O T A I R E.

Quelles petites ames avec leurs titres & leurs
biens ! Que de bassesses l'intérêt leur fait faire !
Je les ai vu au moment du décès venir m'assaillir
comme une troupe de loups acharnés l'un contre
l'autre. Leurs yeux affamés me disoient tout est à
moi, rien à mon frere , & cependant le moins riche a plus de quarante mille livres de rente.

L E C L E R C.

Monsieur , il est encore venu ce pere avec son
gendre futur.

L E N O T A I R E.

Eh bien ?

L E C L E R C.

Ils ne sont pas encore tout-à-fait d'accord ; ils
ne se tiennent plus qu'à mille écus.

L E N O T A I R E.

Est-il possible de marchander ainsi un lien heureux ! Le bon-homme de pere est attaché à ses
écus. Il lui en a coûté pour les amasser, d'accord ;
mais il me paroît moins méprisable que celui qui ,
malgré l'amour qu'il prétend avoir pour sa fille ,
s'obstine impudemment à ne vouloir l'épouser qu'à
tel prix . . . J'ai beau voir de ces choses-là depuis
trente ans, je ne peux m'y accoutumer.

L E C L E R C.

Ce Financier a envoyé . . . . C'est celui-là qui retient au couvent sa fille de force.

LE NOTAIRE.

Faute, dit-il, d'avoir affez d'argent pour l'établir, tandis que tout le monde fait les dépenfes ruineufes où le jettent les petits foupers qui le deshonorent .... Quelles gens !

LE CLERC.

Tantôt doit repaffer cet homme veuf pour fon contrat. Ce n'eft qu'à vous, Monfieur, qu'il prétend avoir affaire.

LE NOTAIRE.

A moi !... Je le remercie. Jamais il ne m'induira à lui dreffer fon acte dans fes intentions perverfes. Quelle voie criminelle cet aveugle pere veut prendre pour ruiner des enfans en bas âge, à l'avantage d'une feconde femme !... Je ne crois pas qu'aucun de mes confreres fe prête à de pareilles fupercheries ; je ne le crois point, & malheur à celui qui en feroit l'inftrument. (*Il figne.*) Monfieur Renaud ; fouvenez-vous bien fi jamais vous parvenez à une de nos Charges, fouvenez-vous des devoirs dont un Notaire eft comptable à la fociété. Ce n'eft pas affez de les remplir avec cette intégrité ordinaire qui le met à l'abri des reproches, il faut veiller avec une fcrupuleufe févérité à ne rien laiffer faire que dans la rigide équité : c'eft à nous enfin à fonder, à pénétrer le fripon, à le démafquer, à le faire rougir s'il eft poffible, en lui dévoilant fa propre turpitude.... C'eft ainfi qu'on fe rend utile à la Patrie, & qu'on dort fatisfait & content de foi-même.

LE CLERC.

LE CLERC.

Monfieur, votre exemple m'en dit affez. Il feroit à fouhaiter que tout homme en place regardât fon état comme vous regardez le vôtre.

LE NOTAIRE.

Paix, paix, mon cher ami .... Ne parlons ici de perfonne ; marchons droit, & n'appercevons pas ceux qui s'écartent. Que ce qui n'eft pas honnête foit abfolument étranger même à notre penfée. (*Un domeftique apporte une lettre de la part de Monfieur de Lys.*) Donnez. (*Il lit.*) Il me prie de n'être vifible que pour lui feul ; il me dit qu'il va venir avec fon Procureur, pour concerte.. Je fais de quoi il s'agit. Ce Procureur & ce jeune homme .... Nous ne nous accorderons point enfemble ; & ces informations que j'ai fait faire .... Quoi, on n'auroit reçu aucune nouvelle !

LE CLERC.

Aucune, Monfieur.

LE NOTAIRE.

Au moins les petites affiches ne font pas encore arrivées.

LE CLERC.

Pas encore, Monfieur.

LE NOTAIRE.

Vous me les apporterez fur le champ .... Cette affaire m'attrifte toutes les fois que j'y fonge : c'eft bien malheureux.... Ils fouffrent peut-être la plus extrême misere, tandis qu'ils possedent une fortune qu'ils ignorent. (*Il soupire.*) Donnez-moi ce carton n°. 307. ; de ce côté.... Mettez - le là. (*On dépose le carton sur le bureau.*) (*Un petit Clerc entre & apporte des grosses.*) C'est collationné? bon...Emportez ces papiers... Pour peu qu'on ait besoin de moi, avertissez-moi tout de suite, & ne faites attendre personne. Rien n'est plus cher à Paris que le tems.... Le mien est consacré au Public, & je me dois tout entier à son service.

Le dernier C L E R C.

Mais, Monsieur, il y a dans l'étude un vieux paysan, un garçon & une fille.... Cela a l'air d'un mariage. Ils voudroient ne parler qu'à vous ; mais je n'ai pas cru devoir vous interrompre à cette heure. Ils attendent.

LE N O T A I R E.

Pourquoi ne m'avoir pas averti plutôt? Je vous ai prévenu plus d'une fois de me laisser toutes ces bonnes gens.... Que mon Maître-Clerc fasse les Marquis, les Duchesses, les Financiers. Oh ! tant qu'il lui plaira, j'y consens ; mais pour les pauvres, je me les ménage ; c'est-là ma récréation... Allez vîte, qu'ils montent.

SCENE II.

LE NOTAIRE.

Voyez un peu comme l'étourderie les rend négli-
gens... Je ne veux plus auſſi que l'on cire mon eſca-
lier ni mon cabinet. Ils ont peur de venir juſqu'à moi,
& je ne ſuis jamais plus content que lorſque leurs
ſouliers à clous ont bien rayé mon parquet. J'ai
ſouvent trouvé des ames neuves & grandes dans
ceux que l'orgueil appelle petites gens. Je ſuis dégoûté des joues & des talons rouges. Je les ai vu
de près. Triſte beſogne ! Affligeant travail ! Je ne
veux plus avoir affaire aux Grands ; mon cœur
ſouffre trop à les entendre.

(Ici on voit le vieux Remi, Joſeph & Charlotte.
Ils ſe frottent les pieds au dernier paillaſſon & héſi-
tent pour entrer. Le Notaire ſe leve & va au devant
d'eux.)

SCENE III.

REMI, JOSEPH, CHARLOTTE, LE NOTARIE.

LE NOTAIRE.

ENTREZ, entrez mes amis, entrez donc . . . . .
Laiffez, laiffez, cher papa ; vous êtes bien, très-
bien, entrez . . . .

REMI ET JOSEPH.

Monfieur, Monfieur, nous venons . . .

LE NOTAIRE

Premierement affeyez-vous tous trois . . .

JOSEPH.

Nous craignons . . . .

REMI.

Ah ! Monfieur . . . .

LE NOTAIRE.

Mettez-vous à votre aife avant tout.... Affeyez-
vous, je vous en prie . . . . (*Ils s'affeyent*) Là
bien . . . . Parlez, préfentement . . . . Eft - ce un
contrat de mariage dont il s'agit ?

JOSEPH.

Monfieur ! comme vous devinez !.., Oui, Monfieur.

LE NOTAIRE.

Tant mieux... Voilà une bien jolie fille, qui,
de plus, eſt fort modeſte: c'eſt un plaiſir pour moi
que de voir un pareil couple.... Eh bien, mes
chers amis vous devez être d'accord. Il n'y a plus
que vous autres qui faſſiez des mariages, car pour
ceux des villes, pour peu qu'il y en ait, on ne
peut plus les appeller que des marchés.

REMI.

Hélas! Monſieur, nous ſommes parfaitement
d'accord ; mais il y a quelque choſe qui peut nuire
à cet accord mutuel, c'eſt pour cela que j'ai demandé à ne parler qu'à vous. Je deſire que ces
deux enfans ſoient unis ; il le faut ; c'eſt tout mon
eſpoir, le ſeul bonheur que j'attende ici-bas avant
que de deſcendre au tombeau. Mais, Monſieur,
le croiriez-vous, à nous trois nous n'avons pas...
Je n'oſe achever ; cependant il faut parler...

JOSEPH.

Mon pere, permettez, je vais dire pour
vous.

REMI.

Non, Joſeph, laiſſe-moi dire. Monſieur, je
viens vous implorer, vous révéler notre triſte
ſort.... Je viens..... Ah! mes idées ſe trou-
blent....

LE NOTAIRE.

Pourquoi héſitez-vous ? Il ne faut jamais trem-
bler comme cela devant votre ſemblable, dont le
devoir eſt, dans tous les tems, de vous écouter &

de vous être utile.... Je vous refpecte, car vous me paroiffez un bien digne homme.

REMI, *(fe levant & tendant les bras vers lui.)*

Sans argent... Nous n'avons rien à vous donner, Monfieur, & je ne fais comment m'y prendre pour vous prier de protéger leur mariage. Je demande feulement qu'ils puiffent être unis : car quant à la vie, ils font laborieux & fobres, ils auront toujours du pain ; & la Providence qui les a aidés jufqu'ici, daignera peut-être les favorifer davantage.

LE NOTAIRE.

Je vous loue, & vous avez raifon de penfer ainfi. Oui, fans doute, je veux les voir unis. Mon cœur même en éprouve une joie fecrette : ce qui concerne mon miniftere, fera bientôt fait, & je ne demande rien pour l'heureux pouvoir de l'exercer. (*Gefte muet entre Jofeph & Charlotte.*)

REMI.

Hélas ! Monfieur, que de bonté ! Cependant ils peuvent concevoir des efpérances, voilà pourquoi je defire que le contrat fe faffe ; car le pere de cette enfant.... Vous faurez tout.... Mais on m'a dit qu'il y auroit quelques difficultés : l'une eft ma niece, l'autre mon fils... Je voudrois favoir...

LE NOTAIRE, (*d'un ton férieux.*)

Coufins-germains !... Il eft vrai.... c'eft un obftacle.

J O S E P H.

Un obſtacle !... Je ſuis perdu !... Ah Charlotte !

LE NOTAIRE.

Ne vous allarmez point. Quoique par le Con-
cile de Trente , il ſoit défendu d'accorder des diſ-
penſes pour les mariages des couſins-germains , ſi
ce n'eſt à de grands Princes & pour des raiſons
d'Etat , d'autres raiſons font qu'on en accorde
depuis long-tems à tous ceux qui les demandent ;
ainſi avec un peu de tems & un peu d'argent , on
aura plein pouvoir.

J O S E P H, (*à Charlotte.*)

On aura plein pouvoir.

LE NOTAIRE.

J'avancerai cette ſomme. Ils me paroiſſent trop
bien aſſortis pour les laiſſer languir.

R E M I.

Ah ! Monſieur. ... Votre générofité ...

LE NOTAIRE, (*la plume en main.*)

Quel eſt votre état ?

R E M I.

Je vivois du labourage.

LE NOTAIRE, (*avec ame.*)

Bon , ſi vous ſaviez combien j'honore , combien je chéris les Agriculteurs.

REMI.

Accablé de plusieurs calamités qui ont fait ma ruine, & poursuivi pour des deniers Royaux, dont le recouvrement me devint impossible, je fus traîné dans les prisons....

LE NOTAIRE.

Je vous entends...Il y a des hommes bien durs; mais abandonnons-les à leur propre insensibilité... Ils seront punis... Dites-moi, mon pere, dans quelle Province étiez-vous établi ?

REMI.

En Franche-Comté, à Montbofon.

LE NOTAIRE, (*avec intérêt.*)

A Montbofon ? mais c'est tout juste-là l'endroit. Vous m'allez faire plaisir. (*Il se leve & fouille dans le carton.*) Je suis à la recherche d'une certaine famille, peut-être en saurez-vous quelques nouvelles. (*Il lit plusieurs papiers à voix basse, & l'élevant tout-à-coup.*) En 1750, le nommé Pierre-Alexis Remi....

REMI.

Hélas ! Monsieur, que ce soit une nouvelle infortune prête à m'accabler, je ne puis nier la vérité, c'est moi...

LE NOTAIRE, (*étonné & jettant un cri.*)

Vous ! Pierre-Alexis Remi !

REMI.

Bien moi, Monsieur, bien moi.

LE NOTAIRE, (*les mains tremblantes de joie.*)

Prenez garde ; êtes-vous frere d'Isidore Remi, surnommé depuis de Lys ? . . . lequel fut absent....

R E M I.

Oui, Monsieur, c'est mon frere, c'est le pere de cette enfant, c'est ce frere que je cherche & dont je n'ai point eu de nouvelles depuis tant d'années ; vous allez voir des papiers qui constatent ce que j'avance. (*Il fouille dans ses poches.*)

LE NOTAIRE, (*y jette un coup d'œil, & s'écrie transporté.*)

Ah ! mes chers amis ! Le Ciel vous amene à moi. Jour heureux !... Je ne me sens pas de joie.... La voilà donc cette chere enfant que nous cherchions de tout côté . . . . Eh vous ne lisez donc pas les petites affiches ?

R E M I,

Jamais, Monsieur ; je ne sais même ce que c'est . . . . Son pere vivroit-il ? Le connoîtriez-vous ? Le connoîtriez - vous ? Ah ! parlez ; quels que soient ses torts, il est mon frere.

C H A R L O T T E.

Je suis toute émue... Joseph !...Joseph !...

J O S E P H.

Ecoutons, écoutons. Ah ! Monsieur, achevez....

LE NOTAIRE, (*à Charlotte d'un ton grave & avec sentiment.*)

J'ai connu votre pere, je l'ai connu ... Je fuis celui qu'il envoya chercher à fes derniers momens ...

CHARLOTTE, (*avec un ton douloureux.*)
Il eft mort !...

LE NOTAIRE.

En regrettant de ne vous avoir pas à fes côtés pour fermer fa paupiere. Il eft mort en vous aimant, en appellant fa fille, en voulant réparer l'oubli .... Il m'a dicté un teftament que voici.... Il a laiffé cent quatre-vingt mille livres de rente : vous n'êtes que deux enfans à partager. Il faut aujourd'hui que je vous préfente à votre frere, qui vit ici dans l'opulence fous le nom de Monfieur de Lys, que fon pere avoit pris.

Les trois Perfonnages expriment leur furprife par un langage muet. Leurs yeux fe parlent, & ils s'écrient prefqu'enfemble.)

JOSEPH.	REMI.
Ah ! Charlotte.	Voilà tes vertus récompenfées ... Le Ciel eft jufte.

CHARLOTTE.

Eft-ce une illufion ?.... Mon pere .... Quoi ! Ce Monfieur de Lys feroit mon frere !

LE NOTAIRE, (*à Charlotte.*)

Vous le connoiſſez ?

CHARLOTTE.

Je ne le connois que trop.

JOSEPH.

Oui, ſi c'eſt lui qui demeure rue du Coq . . .

LE NOTAIRE.

C'eſt lui-même.

REMI, (*ſe levant.*)

Monſieur, nous ſortons tous trois de chez lui.

LE NOTAIRE, (*ſurpris.*)

Eh ! comment donc ? Vous ! chez lui ! Apprenez-moi . . . Que je ſois informé de tout ce qui a pu vous amener dans ſa maiſon . . .

REMI.

Ah ! diſpenſez - moi, Monſieur, de vous faire un détail qui feroit rougir notre front. Dans quelles mœurs a-t-il été élevé ! Le malheureux, avec ſes viles richeſſes ! Que n'eſt-il plutôt reſté dans la pauvreté avec nous ! Du-moins il eût été honnête & vertueux. Mais hélas ! corrompu par l'opulence ; c'eſt un ſéducteur, un débauché . . . Il croyoit ce matin pouvoir acheter ſa vertu . . . . Il a oſé à moi m'en propoſer le prix.

LE NOTAIRE.

Etes-vous toutefois demeurés inconnus l'un à l'autre ?

R E M I.

Je ne me suis nommé que prêt à le quitter....
Se souviendroit-il de mon nom ?

LE NOTAIRE.

S'il s'en souvient ! Oui, certes, & d'une maniere qui humilie son orgueil & qui allarme son
avarice.

UN DOMESTIQUE.

Monsieur de Lys descend de voiture.

R E M I.

Lui ? Il viendroit... Il nous poursuivroit ici...

C H A R L O T T E.

Ah ! Que je sois préparée à soutenir sa vue.

LE NOTAIRE, (*au Domestique.*)

Qu'il attende un moment ; quand je sonnerai,
vous l'introduirez. (*Le Domestique sort.*) Mes
bons amis ! Voici un des plus beaux jours de ma
vie. O que je rends grace au Ciel de cette rencontre fortunée ! Que je bénis la main de la Providence ! ... Vous n'allez plus être pauvres : vous
n'aurez plus besoin de personne : vous serez riches : vous jouirez du bien qui vous appartient,
& que méritoient vos vertus. (*Il met la main sur
un papier qui est à sa droite.*) Voici un testament
que je dois vous lire ... Charlotte, voici la signature d'un pere que vous ne pouvez vous rappel-
ler d'avoir vu. Hélas ! Il a bien songé à vous dans
ses derniers instans ....

CHARLOTTE, *(se penchant avec respect & baisant la signature en larmes.)*

Ah ! pourquoi n'est-il plus !

JOSEPH.

Laisse-moi baiser aussi son nom .... Ton pere doit être le mien.

LE NOTAIRE, *(se levant.)*

Vous allez entendre ce qu'il a dicté. Je vous lirai ce testament ; & puisque votre frere est là, je vais le faire entrer ; mais pour rendre le premier abord plus tranquille, passez tous trois dans ce cabinet. De-là vous entendrez ma voix. Quand il sera tems, je vous en ferai sortir. Je veux presser, frapper, changer ce cœur endurci. Ah ! s'il pouvoit se rendre ! Que je serois content de moi-même !

R E M I.

Monsieur, qui vous rend si bon envers nous ?

LE NOTAIRE.

J'ai fait le serment d'être juste ; je n'accomplis qu'un devoir ... Entrez, mes bons amis ...
(Il ouvre la porte du cabinet & la referme sur eux.)

SCENE IV.

(Le Notaire sonne , un Domestique entre.)

LE NOTAIRE.

MONSIEUR de Lys peut être introduit.....
(Le Domestique sort.) Nous verrons s'il gardera
son injuste projet. Il n'y a plus à dissimuler. Le
partage est de plein droit. Je suis fâché néan-
moins que ce Procureur soit l'Exécuteur testa-
mentaire. C'est son conseil ; & comme la chicane
lui est familiere.... Les voici.

*(Il les salue, fait approcher des sieges , & va s'as-
seoir très-gravement dans son fauteuil.)*

SCENE V.

LE NOTAIRE, DE LYS, Monsieur DU NOIR.

DE LYS.

MONSIEUR, nous venons toujours pour cette affaire. Il est singulier d'agir de la forte. Nous avons les bras liés ; car enfin, une moitié sur laquelle on est toujours inquiet, il faudroit cependant finir cela....

LE NOTAIRE, (*froidement.*)

Messieurs, avez-vous reçu quelques nouvelles ? Sauriez-vous où peut être celle sans laquelle on ne peut rien terminer.

DE LYS, (*s'emportant.*)

Rien terminer.... Voilà votre langage, Messieurs ; vous vous ressemblez tous ; cela est affreux. Des délais qui n'ont pas le sens commun. Elle n'est plus, sans doute, depuis long-tems, & je dois, moi, demeurer encore frustré parce qu'elle est morte.... En vérité, Monsieur, mes affaires ne s'arrangent point de ce retard.

LE NOTAIRE.

Je vous l'ai déjà dit, Monsieur, il vous faut un jugement qui vous envoye en possession des biens de cette sœur que vous supposez morte si gratuitement. Vous avez vu qu'il n'y a eu qu'un Officier public qui ait pu suppléer cette sœur, lors de la levée des scellés, la confection d'inventaire & la vente des meubles. La loi prend les Absens sous sa protection. Elle ne veut pas confier leurs intérêts à leurs Parens ; & si après un certain tems d'absence prouvée, elle leur permet de s'emparer des biens de l'Absent, ce n'est qu'à la charge de les lui rendre. Cet envoi en possession ne donne pas même la propriété à l'héritier apparent ; mais une simple administration dont il est comptable envers l'Absent en cas de retour ; & cet héritier ne peut vendre, aliéner ni hypothéquer les biens de l'Absent, qu'après cent ans, pendant lesquels la loi le fait présumer vivant. Il est étonnant que Monsieur du Noir, votre conseil, ne vous ait pas confirmé toutes ces vérités. Ainsi l'extrait-mortuaire de votre sœur peut seul faire disparoître cette présomption de la loi ; car cette sœur peut fort bien être en pleine santé, & venir à l'instant même réclamer sa légitime.

M. DU NOIR.

Mais vous entendez bien qu'on ne partage pas ainsi avec une inconnue ; & quand la sœur de Monsieur s'offriroit à l'instant, nous la représenterions comme un imposteur qui veut s'emparer du nom & du bien d'une famille. Permetttez-moi de vous le dire, Monsieur, une tentative comme celle-là réussit bien difficilement ; parce qu'on ne présume pas qu'un pere se soit déterminé à priver son enfant de son état : aussi les Juges ne prononcent jamais en faveur de l'inconnu, que quand ils

se

fe voyent fubjugués par des preuves éclatantes &
victorieufes ; mais heureufement que rien n'eft fi
difficile à faifir que la chaîne des faits qui condui-
fent à la découverte d'un état. Elle rapportera ,
me direz-vous, fon extrait-baptiftaire ; eh bien ,
nous verrons s'il eft figné du pere. La naiffance
établie avec certitude , ne fuffit pas ; il faut pouf-
fer la preuve de l'identité jufqu'à la derniere évi-
dence ; c'eft-à-dire qu'il faut appliquer la preuve
de la naiffance fpécifiquement & exclufivement à
l'Individu qui réclame la filiation , & cette appli-
cation ne peut fe faire que par une fuite de preuves qui établiffe la poffeffion d'état acquis par la
naiffance.

On demandera, me direz-vous encore, à être
admis à la preuve teftimoniale. Nous nous y op-
poferons de toutes nos forces ; & fi cette preuve
eft permife, nous détruirons les témoignages par
des reproches, par des faits juftificatifs, par des
enquêtes contraires. Enfin, nous prendrons l'infcription de faux . . . .

D E L Y S, (couché fur fon fauteuil.)

Oui, c'eft bien dit, l'infcription de faux . . . .

LE N O T A I R E.

Contre ce que vient de dire Monfieur, à la
bonne heure. (s'adreffant à Monfieur du Noir.)
Vous comptez apparemment parler à cette fœur,
ou votre but eft de ruiner votre Client par une
condamnation de dépens.

M. D U N O I R, (s'adouciffant & s'approchant du
Notaire.)

J'aurois encore des moyens ; mais, tenez, il faut

G

vous parler naïvement. Nous venons ici à deffein.
Entrez un peu dans les vues de Monfieur, & je
vous réponds d'une entiere reconnoiffance. Il a
befoin de fes fonds en entier .... Que feroit cette
fille d'une fomme pareille ? ... Peu de chofe la
contentera. Ecoutez; n'avez - vous pas vu ici de
pauvres gens? Nous favons qu'ils y font entrés;
nous le favons; je vois le deffous des cartes. Allons, vous ne voudrez pas être méchant avec nous,
nous faire la guerre ; & je vous jure que vous
pouvez compter fur .... Vous ferez content,
vous ferez content .... (*à de Lys, tout bas.*) Il
faut le gagner.

D E L Y S.

Oui , oui.

LE NOTAIRE , (*avec tranquillité.*)

Je ne vous comprends pas , expliquez-vous....

M. DU NOIR , (*avec un rire forcé.*)

Vous comprenez très-bien qu'il ne s'agit plus
que de s'arranger amiablement. Monfieur eft
raifonnable ; il veut bien lui accorder quelque
chofe pour retourner en fon pays ; il pourra même lui faire une petite penfion fort honnête,
toutefois après qu'elle aura fait une renonciation
en forme. Cet article eft préalablement néceffaire.
Elle n'aura pas un fou avant , d'abord.

LE NOTAIRE , (*à de Lys.*)

Monfieur fe flatte-t-il de pouvoir réuffir dans
ce projet?

DE LYS.

Il ne tiendra qu'à vous de nous prêter les mains, car Monsieur étant l'Exécuteur - teſtamentaire, il ſait comme il faut l'interprêter.

LE NOTAIRE, (*prenant le teſlament, & ſe mettant en devoir de le lire.*)

Voulez-vous bien , avant tout, écouter ce teſtament diĉté par un pere, dont les volontés dernieres doivent être pour vous des loix ſacrées.

DE LYS.

Il étoit bien mal alors ; car autrement, je ſais qu'en bonne ſanté . . . .

LE NOTAIRE, (*d'un ton ferme & haut.*)

Voulez-vous bien me permettre de vous le lire.

DE LYS.

Je l'ai déjà entendu.

LE NOTAIRE, (*avec fermeté.*)

Fort mal ; voilà pourquoi je recommence.

M. DU NOIR, (*à de Lys.*)

Laiſſez ; écoutons ; peut - être y trouverons-nous des moyens de nullité qui nous ſont échappés . . . . (*Le Notaire lui jette un coup d'œil d'indignation.*)

LE NOTAIRE, (*d'un ton haut & poſé.*)

Teſtament d'Iſidore Remi.

« Je me trouve trop accablé pour eſpérer quel-

» que retour à la vie : elle m'échappe au feul inf-
» tant où j'entrevois comment j'aurois dû l'em-
» ployer. Quel moment ! Vous qui lirez ce que je
» fais écrire , fongez-y de bonne-heure. Un jour
» vous vous y trouverez comme moi : c'eft alors
» que la vérité s'aggrandit , & qu'il faut la recon-
» noître & lui rendre hommage.

M. DU NOIR.

C'eft de la morale , paffons , paffons.

LE NOTAIRE, (*le regarde encore d'un œil indigné.*)

» Je déclare donc par cet acte teftamentaire

M. DU NOIR.

Ah ! nous y voici.

LE NOTAIRE.

» Avoir laiffé une enfant, fecond fruit de mon
» mariage, entre les mains de mon frere Pierre-
» Alexis Remi, Laboureur à Montbofon en Fran-
» che-Comté , ma patrie. Je déclare que cette en-
» fant eft ma fille légitime , fœur cadette de Louis
» Remi mon fils , appellé depuis de Lys, furnom
» que j'ai pris. Je déclare avoir délaiffé cette en-
» fant d'abord , faute d'avoir pu m'en charger ;
» & qu'enfuite entraîné par l'ambition , l'avidité
» & le tumulte des affaires, errant d'ailleurs dans
» des pays éloignés , je l'ai bannie , pour ainfi
» dire , de ma mémoire. Parvenu à un état que
» l'homme trouve heureux tant qu'il n'eft pas
» éclairé par le flambeau de la mort , j'ai eu la du-
» reté de faire taire dans mon cœur tout ce qui
» me rappelloit cette enfant , dans le feul deffein

» d'accumuler tous mes biens sur la tête de mon
» fils. Sous un nouveau nom, j'ai oublié mes pro-
» ches; j'ai rompu volontairement avec eux. En-
» durci par la fortune, & rougissant de cette pa-
» renté de campagne, dans la fausse prévention
» qu'elle me feroit honte, j'ai manqué aux devoirs
» les plus sacrés, dont je demande pardon à Dieu
» bien sincerement; mais mes plus grands remords
» sont d'avoir donné une éducation à mon fils d'a-
» près ces faux principes. Mes remords sont de
» l'avoir induit moi-même à cacher sa naissance,
» son pays, ses parens, & le nom de cette sœur
» que je regardois comme un obstacle à sa grande
» fortune. J'abjure par cet acte une indigne édu-
» cation; & je crains bien, pour juste punition,
» qu'elle n'ait que trop germé dans son cœur. Je
» le prie en grace de me pardonner ma faute, &
» de réparer lui-même le mal que j'ai fait. Je le prie
» de rechef, & lui ordonne en pere de chercher
» sa sœur, & de lui porter tous les regrets, tout
» l'amour, tous les sentimens que j'ai manqué d'a-
» voir envers elle, & qui sont au fond de ce
» cœur expirant. Je veux qu'il partage avec elle,
» en égale portion, tous les biens qui se trouve-
» ront m'appartenir au jour de mon décès. Je fais
» des vœux au Ciel pour qu'elle vive & qu'elle
» entende mes dernieres paroles .... O mon fils!
» si tu la revois; si tu retrouves encore avec elle
» celui qui lui a servi de pere, regarde-le comme
» le tien. Sans l'ambition qui m'a emprisonné
» dans ces grandes villes, & qui même a abrégé
» mes jours; je mourrois entre leurs bras, arrosé
» de leurs larmes, honoré de leurs regrets.

102 L'INDIGENT,

» Je nomme pour Exécuteur de ce teſtament,
» mon ancien ami Monſieur du Noir, afin de lui
» donner les moyens de réparer certaines fautes,
» perſuadé que mes derniers ſentimens feront fur
» lui tout l'effet que j'en attends. Nous ſommes
» à-peu-près de même âge. Que ma fin lui ſerve
» d'avertiſſement. Il entendra bien ce que je veux
» lui dire. »

M. DU NOIR.

Mais tout ceci n'eſt pas en ſtile de Pratique.

DE LYS, (à M. du Noir.)

Quel parti prendre, Monſieur du Noir ?

LE NOTAIRE, (ſe leve & dit avec énergie.)

Quel parti ! Eh ! Monſieur, demandez-le à
vous-même, à votre conſcience, à votre propre
cœur, & répondez d'après lui. (Il ſe promene chagrin & rêveur.)

M. DU NOIR, (à demi-voix.)

Je ne vois pas comment on pourroit caſſer ce
teſtament ; je n'ai pas découvert le moindre mot...
Mais tâchons de l'intimider. (un peu plus haut.)
Vous n'avez rien à craindre de ces bonnes-gens ;
ils n'ont pas l'air bien fin ; d'ailleurs ils ſont ſi
pauvres. Avec quoi ſuivroient-ils un procès qu'il
eſt aiſé de bâtir, & qu'on peut faire durer toute
leur vie, par des retours qui me ſont familiers.
Je fais comme je m'y prendrai ; je me fais fort de
les faire mourir de faim avant qu'ils ayent obtenu
par premiere ſentence aucune proviſion. (Le Notaire a ſonné pendant ce dernier couplet, entre un domeſtique.)

LE NOTAIRE, (*au domeſtique d'un ton décidé.*)

Conduiſez cet homme-là hors de chez moi, & veillez à ce qu'il ne touche. de ſa vie le ſeuil de ma porte.

M. DU NOIR, (*ſe levant & embarraſſé.*)

Comment, Monſieur, comment! Un Officier comme moi !

LE NOTAIRE, (*au domeſtique.*)

Obéiſſez ; qu'il ſorte. (*à de Lys.*) Vous, Monſieur, reſtez ; j'ai à vous parler.

M. DU NOIR, (*en s'en allant.*)

Je me mocque de cet affront ; je me vengerai bien ; nous plaiderons, nous plaiderons.

SCENE VI.

LE NOTAIRE, DE LYS.

LE NOTAIRE.

DE pareils propos doivent être punis, & ce n'auroit pas été assez de les méprifer.

DE LYS.

Mais c'eft comme Procureur qu'il parloit.

LE NOTAIRE.

Non, non, ne vous y trompez pas : ce font de pareilles gens qui deshonorent l'état : il ne comporte pas moins qu'un autre l'obligation d'être homme de bien, de chercher la juftice & la paix. J'en connois plufieurs de cette intégrité ; & tout rares qu'ils font, ils peuvent fervir d'exemple. Je vous les aurois fouhaité pour confeil. Au refte, je vous le répete, ce n'eft que vous-même que vous devez confulter ; interrogez votre cœur & répondez.

DE LYS.

Mais une moitié dans l'héritage, une moitié, je ne puis, c'eft trop ... c'eft trop.

LE NOTAIRE, (*avec un courroux noble.*)

Eh bien, Monfieur, fuivez votre indigne Con-

feil ; allez vous rendre méprifable comme lui : c'eſt
à moi que vous aurez affaire. J'époufe le procès ,
& croyez qu'il ne traînera pas en longueur comme
vous l'eſpérez. J'irai moi-même ; je préviendrai les
Juges de vos intentions iniques ; ils ne laiſſeront
pas languir l'honnêteté dans l'indigence : elle ne
ſoupirera pas longtems après la juſtice qui lui eſt
due (*De Lys demeure interdit & ne ſachant ni ſortir
ni reſter.*) Eſt-il poſſible que l'or ſoit ainſi votre
tyran , étouffe en vous tout ſentiment de vertu ,
& même d'équité. Si ce pere reparoiſſoit accuſant
votre avare inſenſibilité , vous reprochant de trahir ſes volontés dernieres , méconnoîtriez-vous ſa
voix ? . . . Eh bien , tremblez ; elle va vous con-
fondre : elle va ſortir du fond de ſon tombeau
pour vous accuſer & vous faire rougir. Oui , c'eſt
ſon ſang qui va paroître & dépoſer contre vous.
(*Il court au cabinet & ouvre la porte.*) Approchez ,
vénérable Vieillard ; & vous , fille vertueuſe ,
approchez. (*Ils ſortent tous trois en larmes , &
voulant embraſſer les genoux du Notaire.*)

C H A R L O T T E.

O mon Bienfaiteur !

R E M I.

Homme de Dieu !

J O S E P H.

O notre Protecteur !

D E L Y S , (*étonné , & reculant de ſurpriſe.*)

Ciel ! ce ſont eux ; ils ont tout entendu !

LE NOTAIRE, (*avec transport.*)

Levez-vous, mes amis, levez-vous... Chere fille, fi vous perdez un frere, je vous en tiendrai lieu; ma maison fera la vôtre, jufqu'à ce qu'il ait été forcé à vous rendre votre portion héréditaire.

CHARLOTTE, (*allant à de Lys.*)

Vous rougiffez, Monfieur, de vous trouver mon frere; & moi qui veux vous aimer, je gémis de vous trouver un cœur fi peu femblable au mien. Allez, fi les biens dont vous êtes idolâtre vous ont affez corrompu pour vous rendre in-jufte, moi je les méprife trop pour vous les dif-puter. (*Revenant au Notaire.*) Monfieur, qu'il rende feulement à mon pere de quoi rentrer dans cette chaumiere qu'on lui a ravie; qu'il lui donne de quoi racheter les précieux inftrumens du la-bourage; c'en eft affez, & nous irons contens y vivre, y travailler & y mourir enfemble.

DE NOTAIRE, (*à de Lys.*)

Entendez-vous?

CHARLOTTE.

Je ne veux point deshonorer mon frere par un procès, & lui arracher l'ame en lui demandant ce qu'il ne veut point reftituer. Je lui apprendrai que peu de chofe fuffit à une ame courageufe. N'eft-il pas vrai, mon pere, que nous n'avons pas befoin de fuperflu? N'eft-il pas vrai, Jofeph, que je ferai toujours affez riche pour toi.

J O S E P H.

Ah ! tu le fais.

R E M I, (*en foupirant.*)

C'eſt donc-là cet enfant que j'ai vu ſi petit , que j'ai porté dans mes bras , que j'ai careſſé , que j'ai preſſé tant de fois contre mon ſein. Je lui parle-rois bien ; mais il m'a dédaigné. Son ame ingrate eſt loin de la mienne , & nous ne nous entendrions pas . . . .

D E L Y S , (*eſt reſté près de la porte , ſans pouvoir ſortir.*)

(*avec une exclamation ſourde.*)

Ils me fuyent ! Leur mépris m'eſt inſupporta-ble . . . . Ah ! je l'ai mérité.

L E N O T A I R E.

(*Dans une action pleine de feu & une vivacité inat-tendue , court vers la porte , le ſaiſit par le bras , le traîne rapidement en face de ſon oncle , en face de ſa ſœur. Il faut que cela ſoit fait avec nobleſſe , préciſion , force , grandeur , avec le vrai mouvement de l'ame.*)

Non , vous ne garderez pas cette ame avide & mépriſable. Vous en prendrez une autre. A travers vos combats j'ai démêlé votre caractere . . . . Si vous euſſiez paſſé la porte , je ne voudrois plus vous regarder ; mais vous ne vous dégraderez pas à ce point. Toute ſenſibilité n'eſt pas éteinte dans votre ame , & vous ferez ému . . . . Livrez-vous avec moi aux doux plaiſir d'embraſſer ce Vieillard dont les vertus ne peuvent que vous honorer. Cédez à son digne fils que vous aimerez, à cette sœur dont le cœur tendre appelle votre cœur. La voix de ce pere expirant ne vous auroit-elle rien dit ? J'en ai été touché, moi.... Ah ! voyez les larmes de cette vertueuse famille qui coulent encore ; elles attendent les vôtres. (*dans la chaleur du sentiment.*) Allons, du courage, jeune homme, du courage, sois des nôtres : oublie ta dorure, ton opulence, ton luxe ; sois homme ; sois juste ; prends un cœur, pleure & connois la nature ; elle ne te trompera pas, &, crois-m'en, tu seras récompensé par elle.

DE LYS

(*Pendant ce tems a les deux mains sur son visage. Il est dans l'attitude d'un homme chez qui il se fait une révolution forcée & prompte. Il ouvre les bras ; & cachant tout d'un coup sa tête dans le sein du Vieillard, il crie d'une voix étouffée.*)

Oui, j'ai un cœur, j'ai un cœur...je le sens.... Mon oncle, je crois revoir en vous mon pere. Je cede à vos vertus, tout me frappe malgré moi.

CHARLOTTE, (*volant à lui.*)

Mon frere !

JOSEPH.

Mon cousin !

DE LYS, (*embrassant Charlotte & Joseph.*)

J'ai été injuste, barbare, dénaturé ; je ne le suis plus ; je ne le serai plus ; je ne pourrai plus l'être...Je vous imiterai...Je vous aimerai...

LE NOTAIRE, (*le ferrant dans fes bras.*)

Bien, bien; il eft de la famille; il eft de votre
fang; il eft votre frere à tous.... Il eft digne de
vous.

DE LYS.

Me pardonnez-vous? M'aimerez-vous encore ?
Etes-vous fatisfaits de mon repentir ? (*On l'em-*
braffe pour toute réponfe.) J'éprouve un fentiment
qui m'étoit inconnu. Voilà le premier vrai plaifir
de ma vie ; je l'ai fenti dans vos embraffemens.

REMI.

Sois toujours mon neveu : va, je n'ai point
d'habits galonnés ; mais fous cette bure groffiere
ce cœur eft tendre & tout à toi.

LE NOTAIRE, (*à de Lys.*)

N'eft-il pas vrai que la refpiration eft mainte-
nant plus libre ? Il y a beaucoup de gens qui ne
favent pas le charme qu'il y a à être bien dégagé
de-là. (*de Lys embraffe le Notaire.*)

JOSEPH, (*à de Lys, montrant Charlotte.*)

J'étois fon frere, & vous devenez le fien....
Vous approuverez nos nœuds.

DE LYS.

Oui ; que le partage foit fait ; qu'on en dreffe
l'acte, & je vais le figner.

CHARLOTTE.

Ecoutez-moi, mon frere ; vous êtes accoutumé

au train de l'opulence , aux dépenfes que le grand
monde entraîne. Nous, je le répete , le néceffaire
fuffit à notre bonheur. J'exige, & mon pere l'exige
auffi , car je lis fes intentions dans fes regards ,
j'exige que vous conferviez ce qui eft indifpenfa-
ble au rang que vous avez pris ; que furtout les
meubles & la terre feigneuriale foient à vous fans
partage.

D E L Y S.

Cette générofité que j'admire me trace mon devoir. Je ne garderai rien de ce qui ne m'appartient
pas. Vous êtes trois , & d'ailleurs il eft des pauvres. (*En montrant le Notaire.*) Monfieur fera notre
Juge , & Juge fevere.

R E M I.

Eh bien , Monfieur ; vous ordonnerez à notre
priere qu'il accepte ce don de notre amitié : tu
nous donneras ce contentement , ou tu feras un
orgueilleux . . . .

D E L Y S.

Je ne le ferai point ; je m'éléverai jufqu'à vous ;
je confentirai à vous devoir beaucoup, parce
que je me plairai , dans tous les tems, à l'avouer
comme à le fentir.

L E N O T A I R E.

Ce dernier trait m'enchante ; votre cœur eft né
droit , jufte & fenfible , & tous les artifices d'un
traître n'ont pu le corrompre. Il eft raifonnable
pourtant que vous ayez une portion un peu plus
forte , parce que vous avez plus befoin de for-

tune que ces honnêtes-gens-ci affez riches par leur
modération ; mais il n'y aura point mal que notre
cher Remi & fes enfans ayent plus qu'ils ne demandent ; parce que s'ils retournent habiter la campagne , comme je le crois , ils trouveront affez de
voifins à fecourir.

R E M I.

Hélas ! il eft bien vrai ; fi je deviens heureux ,
je ne veux pas l'être feul. Quand j'aurai quelque
chofe , beaucoup d'honnêtes - gens , compagnons
de ma mifere qu'ils ont partagée avec conftance,
ne feront pas fûrement oubliés . . . . Jofeph ! Jofeph ! Quelle joie nous attend ! Nous pourrons
répandre quelques bienfaits.

LE NOTAIRE, (*en fouriant.*)

Tenez , ne voilà-t-il pas déjà de l'argent placé ;
mais bien avantageufement. Mes amis ! Que ce
jour foit confacré à la joie ; demain , nous termine-
rons cette affaire. Ma journée eft heureufement
remplie ; nous fouperons enfemble. Je me trouve
trop bien pour chercher d'autre compagnie.

DE LYS.

Et moi je renonce à toute autre.

LE NOTAIRE.

Voilà une famille raffemblée ; imaginez que j'en
fuis auffi. (*Il fonne.*)

JOSEPH.

Vous en ferez le Roi.

LE NOTAIRE.

Non pas, s'il vous plaît .... l'Ami.

(Les Domestiques apportent des flambeaux, & le Notaire conduit dans son sallon le bon Remi, Joseph, Charlotte & de Lys qui tient la main de sa sœur.)

F I N.

J'AI lu par ordre de Monseigneur le Chancelier, *l'Indigent*, Drame en quatre actes & en prose ; & je n'y ai rien trouvé qui m'ait paru devoir en empêcher l'impression. A Paris, ce 23 Octobre 1771.

CRÉBILLON.

On trouve chez le même Libraire :

Jenneval, ou le Barnevelf François, Drame en cinq actes.

Le Déserteur, Drame en cinq actes.

Olinde & Sopronie, Drame en cinq actes.

Le faux Ami, *(sous - presse)* Drame en trois actes.

9 782329 488950